Tres anillos

Anne Mather

Bianca™

HARLEQUIN™

Editado por HARLEQUIN IBÉRICA, S.A.
Hermosilla, 21
28001 Madrid

© 2007 Anne Mather. Todos los derechos reservados.
TRES ANILLOS, N.º 1839 - 14.5.08
Título original: Bedded for the Italian's Pleasure
Publicada originalmente por Mills & Boon®, Ltd., Londres.

I.S.B.N.: 978-84-671-6114-4
Depósito legal: B-13189-2008
Editor responsable: Luis Pugni
Preimpresión y fotomecánica: M.T. Color & Diseño, S.L.
C/. Colquide, 6 portal 2 - 3º H. 28230 Las Rozas (Madrid)
Impresión y encuadernación: LITOGRAFÍA ROSÉS, S.A.
C/. Energía, 11. 08850 Gavá (Barcelona)
Fecha impresion para Argentina: 10.11.08
Distribuidor exclusivo para España: LOGISTA
Distribuidor para México: CODIPLYRSA
Distribuidores para Argentina: interior, BERTRAN, S.A.C. Vélez
Sársfield, 1950. Cap. Fed./ Buenos Aires y Gran Buenos Aires,
VACCARO SÁNCHEZ y Cía, S.A.
Distribuidor para Chile: DISTRIBUIDORA ALFA, S.A.

Capítulo 1

JULIET se preguntó cómo serían las islas Caimán en esa época del año. Supuso que muy parecidas a las Barbados. ¿No eran todas islas del Caribe? Pero nunca había estado en las Caimán. Y fueran como fuesen, tendrían que ser mejores que aquella sombría oficina de empleo, cuyas paredes y moqueta raída de un horroroso color verde no compensaban las comodidades a las que estaba acostumbrada; con las que había nacido, se corrigió, mientras trataba de no derramar las lágrimas de autocompasión que le llenaban los ojos, hermosos y de color violeta, como decía su padre. También decía que le recordaban a su madre, que había muerto cuando ella era un bebé. ¡Qué lejano parecía todo aquello!

De lo que estaba segura era de que su padre no hubiera consentido que la engañara un hombre como David Hammond. Pero también había muerto de un tumor cerebral cuando ella tenía diecinueve años, y un año después, David le había parecido un caballero de brillante armadura y no se dio cuenta de que lo que más le interesaba era el dinero que su padre le había dejado. Años después de la boda, él la había abandonado por la mujer que le había presentado como su secretaria. Había sido una estúpida al consentirle que se hiciera cargo de su herencia. Y cuando se quiso dar cuenta, él había transferido el dinero a una cuenta a su nombre en un paraíso fiscal.

¡Qué ingenua había sido! La belleza y el encanto de David le habían impedido ver sus defectos. Había creído que la amaba y había desoído los consejos de sus amigos cuando le dijeron que lo habían visto con otra. Las pocas libras que le había dejado en la cuenta se estaban agotando con rapidez.

Desde luego que los amigos que la habían apoyado se mostraron compasivos. Incluso le habían ofrecido ayuda económica, pero Juliet sabía que la amistad no podía durar en tales circunstancias. Tenía que encontrar trabajo, aunque le daba miedo pensar qué tipo de empleo podía conseguir sin ninguna titulación. Si hubiera continuado estudiando después de morir su padre... Pero cuando David apareció en su vida se olvidó de las cosas prácticas.

Echó una mirada a la habitación y se preguntó qué preparación tendrían las otras personas que iban a solicitar trabajo. Había cinco: dos hombres y tres mujeres, que parecían totalmente indiferentes a lo que los rodeaba. Aunque sabía que no era así, habría dicho que también les daba igual que les dieran trabajo o no. Dos de ellos parecían medio dormidos, o drogados, lo que, según se mirara, podía ser una ventaja. Era indudable que tras entrevistar a un chico con los vaqueros rotos y una camiseta asquerosa, o a una chica con los brazos llenos de tatuajes chillones, sería un alivio hablar con ella, con su traje de chaqueta azul oscuro y sus zapatos de tacón. O tal vez no. Quizá quienes no parecían que pudieran permitirse el lujo de estar desempleados tuvieran más facilidades para conseguir trabajos no cualificados.

—¿La señora Hammond?

Juliet quiso decir que era la señorita Lawrence, pero todos sus documentos de identidad seguían teniendo su apellido de casada. No todas las mujeres que se divorciaban volvían a tener su identidad previa. Pero Juliet quería recuperarla. No quería que nada le recordara que había sido la mujer de David Hammond. Se puso de pie nerviosamente mientras la mujer que la había llamado echaba una mirada expectante a los presentes.

–Soy yo –dijo, consciente de que se había convertido en el centro de la atención. Apretó el bolso bajo el brazo y echó a andar con precaución.

–Entre en mi despacho, señora Hammond –la mujer, una pelirroja de unos cuarenta años, la miró de arriba a abajo y le indicó el camino a un despacho que era ligeramente más acogedor que la sala de espera. Le señaló una silla frente a su escritorio–. Siéntese. ¿Ha rellenado el cuestionario?

–Sí –Juliet sacó el papel con el que había hecho un tubo mientras esperaba. Al ponerlo en el escritorio, se quedo medio enrollado–. Lo siento –dijo con una sonrisa de disculpa.

Su disculpa no fue escuchada ni aceptada, ya que la señora Watkins, cuyo nombre podía leerse sobre el escritorio, estaba muy ocupada leyendo lo que Juliet había escrito. De vez en cuando se detenía y la miraba como si no creyera lo que leía. ¿Y qué? ¿Se había dejado engañar por el elegante traje de chaqueta? ¿O admiraba el estilo con el que vestía? Algo le decía que no era así.

–Aquí pone que tiene usted veinticuatro años, señora Hammond. Y que nunca ha trabajado.

–No –respondió Juliet sonrojándose un poco. Había sido una pregunta directa que creyó que no debería habérsela hecho. Tenía su orgullo. ¿Le iba a quitar aquella mujer el poco que le quedaba? Inspiró profundamente–. ¿Es eso importante? Es ahora cuando necesito trabajar. ¿No es suficiente?

–Me temo que no. Quienes dan trabajo necesitan un currículo, referencias. Para mí es importante entender por qué una persona que busca empleo carece de ellos.

—Estaba casada –Juliet pensó que aquello era lo menos controvertido que podía decir.

—Sí, ya lo veo –la señora Watkins consultó el papel–. Y su matrimonio acabó hace nueve meses.

«Nueve meses y ocho días», dijo Juliet para sí.

—¿Y nunca ha trabajado?

—Nunca.

La señora Watkins inspiró de forma claramente audible. Era el sonido que hacía Carmichael, el mayordomo de su padre, cuando desaprobaba algo que Juliet había hecho. Era evidente que a la señora Watkins le desagradaba su falta de experiencia. Juliet se preguntó si le hubiera ido mejor si se hubiera presentado en vaqueros y una camiseta sucia.

—Bueno –dijo finalmente la señora Watkins–, debo decirle que no va a ser fácil encontrarle un trabajo. Carece de titulación y de experiencia. No tiene nada que pueda convencer a alguien de que es una buena trabajadora y de que se puede confiar en usted.

—Soy de fiar.

—No lo dudo, señora Hammond, pero sólo es su palabra, y las cosas no funcionan así. Lo que necesita es que un antiguo jefe responda por usted, alguien que esté dispuesto a ponerlo por escrito.

—Pero no tengo un antiguo jefe.

—Ya lo sé –la señora Watkins le sonrió con suficiencia.

—¿Trata de decirme que no puede ayudarme?

—Lo que trato de decirle es que, ahora mismo, no tengo una vacante que pueda usted cubrir. A menos que quiera lavar platos en el Savoy –se rió entre dientes de su propia gracia–. En la sala de espera hay información sobre los cursos que puede hacer y dónde, desde clases de cocina a idiomas. Le aconsejo que se lleve los folletos a casa y decida lo que quiera hacer. Vuelva a verme cuando tenga algo que ofrecerme. Hasta entonces, es mejor que no malgaste más tiempo.

Mientras se levantaba, Juliet pensó con tristeza que la señora Watkins se refería al suyo.

–Gracias –los buenos modales, que una serie de niñeras le habían inculcado desde que nació, la ayudaron a salir del paso–. Pensaré en lo que me ha dicho –hizo una pausa–. O iré a otra oficina de empleo.

–Buena suerte –respondió la señora Watkins con ironía.

Juliet salió de la oficina con un sentimiento aún mayor de ser un paria que al entrar. Pero ¿qué se había pensado? ¿Quién iba a contratar a alguien que ni siquiera reconocía a un timador al verlo?

Una vez en la calle, consideró las opciones que tenía. Aunque estaban a comienzos de marzo, hacía un tiempo sorprendentemente caluroso, a pesar de que estaba empezando a lloviznar. Alzó la mano para llamar a un taxi, pero la volvió a bajar rápidamente. Se habían acabado para siempre los días en que podía desplazarse en taxi. Suspiró y comenzó a andar hacia Oxford Circus. Allí tomaría un autobús hasta Knightsbridge, donde se hallaba el pequeño apartamento de un dormitorio en el que vivía. La gran casa de Sussex donde había nacido y vivido casi toda la vida se había vendido poco después de su boda con David. Le dijo que la casa que él había comprado en Bloomsbury les venía mucho mejor. Hasta después de que la abandonara, Juliet no supo que era alquilada.

Sabía que sus amigos se habían quedado horrorizados ante su ingenuidad, pero nunca había conocido a alguien tan despiadado como David. Fue una suerte que el apartamento estuviera a nombre de ella y que David no hubiera podido apropiárselo. Había sido la segunda residencia de su padre cuando tenía que ir a Londres por negocios, y ella no lo había vendido por razones sentimentales.

A mitad de camino pasó por delante de un bar y entró sin pensarlo. Estaba oscuro y lleno de humo, pero eso le convenía. Casi nunca bebía durante el día y prefería que nadie pudiera reconocerla en el estado de ánimo en que se hallaba. Se sentó en uno de los altos taburetes. El camarero era bajo y gordo, con un prominente estómago que le sobresalía por encima del cinturón. Parecía eficiente y alegre.

—¿Qué va a ser? —le preguntó mientras pasaba la bayeta por la barra.

—La señora tomará un vodka con tónica, Harry —dijo una voz detrás de ella.

Juliet se volvió para decir a quienquiera que fuese que sabía decidir por sí misma lo que quería tomar. Abrió los ojos sorprendida. Conocía al hombre. Se llamaba Cary Daniels y se conocían desde niños, pero llevaban años sin verse. De hecho, desde que ella se había casado.

—¡Cary! —exclamó—. ¡Qué casualidad encontrarte aquí! Lo último que supe de ti es que estabas en Ciudad del Cabo. ¿Estás de vacaciones?

—Ojalá —Cary se sentó en un taburete a su lado y pagó al camarero. Había pedido un whisky doble y se bebió la mitad antes de continuar—. Ahora trabajo en Londres.

Juliet se sorprendió. Aunque habían perdido el contacto durante varios años, porque los padres de Cary murieron y tuvo que marcharse a vivir con su abuela a Cornualles, había ido a su boda. Entonces estaba emocionado con el magnífico trabajo que había conseguido en un banco de Sudáfrica, y todos creyeron que se quedaría allí para siempre. Pero las cosas cambiaban. ¿Acaso no lo sabía ella?

—¿Cómo estás? —preguntó él, y se volvió para mirarla.

Aunque la escasa luz le había impedido darse cuenta antes, Juliet vio entonces lo demacrado que estaba. Tenía ojeras, se estaba quedando calvo y su cintura demostraba la cantidad de whiskys dobles que se había tomado a lo largo de los años. Sabía que tenía veintiocho, pero aparentaba diez más. ¿Qué le habría pasado? ¿Padecía también las consecuencias de una relación fallida?

—Estoy bien —contestó Juliet y alzó el vaso a modo de brindis silencioso antes de beber. Era mucho más fuerte que a lo que estaba acostumbrada y apenas consiguió ocultar una mueca—. Voy tirando.

—Me enteré del divorcio —Cary siempre había sido muy directo—. ¡Qué canalla!

—Sí. Fui una estúpida.

—Me gustaría haber estado aquí entonces. No se habría ido de rositas, te lo aseguro. ¿Qué hace ahora ese hijo de su madre?

Juliet apretó los labios. Cary era amable al mostrarle su apoyo, pero no se lo imaginaba enfrentándose a alguien como David.

—David está en las islas Caimán, al menos eso creo —dijo con desgana—. ¿Te importa que no hablemos de eso? No tiene sentido hurgar en las viejas heridas. Fui una estúpida, y punto.

—Únicamente fuiste una ingenua, como nos pasa a todos de vez en cuando. Después es fácil decir lo que deberíamos haber hecho.

—Es verdad —Juliet sonrió con tristeza.

—¿A qué te dedicas ahora? ¿Y dónde vives? Supongo que la casa de Sussex se vendería.

—Sí. Tengo un pequeño apartamento en Knightsbridge. Era de papá, y no es el Ritz, pero es mío.

—¡Qué canalla! —repitió Cary—. Supongo que habrás tenido que buscar trabajo.

—Estoy en ello —confesó Juliet—. Pero no tengo ningún título ni a nadie que pueda ofrecer referencias, salvo mis amigos, claro está, pero no quiero pedírselo.

—Ah —Cary acabó la bebida e indicó al camarero que quería otra. También señaló el vaso de Juliet, pero ésta negó con la cabeza. Apenas la había probado—. ¿Tienes algún plan?

–Todavía no –Juliet comenzaba a cansarse de hablar de sus problemas–. ¿Y tú? ¿Sigues trabajando en el banco?

–¡Qué más quisiera! –dio un largo trago de whisky–. Estoy en la lista negra. ¿No te has enterado? Me sorprende que no lo leyeras en las páginas de economía del periódico.

Juliet estuvo tentada de decir que tenía mejores cosas que hacer que leer la sección de economía del periódico, pero le inquietó lo que Cary le había dicho.

–Especulé con los fondos de mis clientes y perdí un montón de dinero. El banco perdió millones de dólares. Tuve suerte de que no me denunciaran por negligencia –se encogió de hombros–. Parece que mi abuela sigue teniendo influencia en los círculos financieros. Me expulsaron del banco con un buen tirón de orejas.

–Pero, millones de dólares... –Juliet repitió asombrada e incrédula.

–Sí, no hago las cosas a medias –tomó otro trago–. Parece mucho más en moneda sudafricana. Pero te animan a arriesgarte, y yo lo hice. Supongo que no soy un buen corredor de bolsa.

–No sé qué decirte. ¿Se enfadó mucho tu... lady Elinor?

–¿Enfadarse? Se puso furiosa. Echaba humo por las orejas. Nunca le gustó mi profesión, como probablemente sabrás, y después de lo de Sudáfrica no ha querido saber nada más de mí.

Juliet miró el vaso. Recordaba muy bien a lady Elinor Daniels, sobre todo porque cuando tenía trece años, le daba miedo. Recordó que sentía lástima de Cary, cuyos padres habían desaparecido mientras navegaban por los mares del Sur. A los diecisiete años, le habían privado de todos y de todo a lo que estaba acostumbrado y le habían obligado a irse a vivir a una vieja casa de Cornualles con una mujer a la que casi no conocía.

–Pero dices que tienes otro empleo... –Juliet levantó la cabeza.

–Es un trabajo temporal. Aunque no te lo creas, trabajo en un casino. No manejo dinero, claro. No están tan locos. Podría decirse que soy quien recibe y da la bienvenida a los clientes, una especie de gorila con clase.

–No creo que tu abuela lo apruebe –dijo Julia asombrada.

–No lo sabe. Cree que trabajo en una oficina. Aún sigue esperando que siente la cabeza, encuentre a una buena mujer y me ocupe de sus propiedades. Y ese imbécil de Marchese está esperando que dé un paso en falso.

Juliet creía que ya había dado más de uno, pero no dijo nada.

–¿Marchese? –preguntó ella.

–¡Rafe Marchese! –prosiguió Cary con irritación–. Seguro que te acuerdas de él. El error voluntario de mi tía Christina.

–¡Ah, tu primo!

–Ese canalla no es mi primo –dijo Cary ofendido–. No esperarás que me muestre simpático con él. Ha conseguido que la relación con mi abuela sea casi imposible. No se me olvida cómo me trató cuando me fui a vivir a Tregellin.

–Es mayor que tú, ¿verdad?

–Un par de años. Debe de tener treinta o alguno menos. Siempre está ahí, como una espina clavada, y a mi abuela le encanta burlarse de mí diciéndole que lo va a nombrar su heredero. No es que lo vaya a hacer –Cary se echó a reír–. Es demasiado convencional para eso.

–Si tu tía no se casó con el padre de Rafe, ¿por qué lleva el apellido Marchese?

–Porque ella puso el apellido de su padre en su certificado de nacimiento –dijo Cary con desdén–. Una especie de broma, si tenemos en cuenta que Carlo no se enteró de que iba a ser padre. Christina era un bicho raro, siempre de un lado a otro, siempre buscando nuevas distracciones.

—Creía que era artista —dijo Juliet mientras trataba de recordar lo que su padre le había dicho.

—Eso es lo que le gustaba creer —explicó Cary con una sonrisa sarcástica—. Rafe, igual que yo, es huérfano desde pequeño. Christina se tomó demasiados «martinis» y se cayó del balcón de un hotel de Interlaken, en Suiza, donde se alojaba con su última conquista.

—Es terrible —Juliet estaba asombrada de que Cary se mostrara tan indiferente. Al fin y al cabo hablaba de su tía. Miró de reojo el reloj. Era hora de marcharse. Tenía que comprar algo de comida antes de irse a casa.

—Tengo que ir a ver a mi abuela la semana que viene —continuó Cary haciendo una mueca—. Le he dicho que tengo novia y quiere conocerla.

—Espero que le guste —Juliet sonrió—. ¿La conociste en Ciudad del Cabo o vive en Londres?

—No tengo novia. Sólo quiero que me deje en paz. Ya te he dicho que quiere que siente la cabeza, así que he pensado que si cree que me intereso por alguien aflojará la presión.

—¡Pero Cary!

—Lo sé, lo sé —indicó al camarero que le sirviera otra copa—. ¿Dónde voy a encontrar, de aquí al jueves, a una chica decente que pueda ser mi novia? Ni siquiera conozco a chicas «decentes». Mis gustos van por otro lado.

—¿Eres gay?

—¡Claro que no! Pero las chicas que me gustan no son las que se llevan a casa y se presentan a una abuela. No me apetece sentar la cabeza. Sólo tengo veintiocho años. Quiero divertirme. No quiero tener una buena mujer y un par de chavales corriendo a mi alrededor.

Juliet pensó que Cary había cambiado mucho, ya no era el niño tímido que había conocido. ¿Era debido a su abuela o siempre había tenido algo de egoísta? Tal vez no fuera tan distinto de David. De pronto se dio cuenta de que la miraba fijamente y deseó que no estuviera haciendo planes con respecto a ella. A pesar de estar desesperada, Cary no era su tipo.

–Tengo que irme –le dijo

–¿Adónde?

–A casa –contestó, aunque no era asunto suyo.

–Me imagino que no querrás cenar conmigo. Se me ha ocurrido una cosa–se mordió los labios con fuerza–. Quería hacerte una propuesta. Pero también te la puedo hacer aquí.

–Cary...

–Escúchame –la tomó del brazo–. ¿Qué te parecería venir conmigo a Tregellin como mi supuesta novia? –añadió rápidamente antes de que ella pudiera poner objeciones–. Dices que necesitas trabajo. Pues te ofrezco uno, y bien pagado desde luego.

–No lo dirás en serio –le resultaba increíble lo que acababa de oír.

–¿Por qué no? Somos amigos. Hombre y mujer. ¿Qué mal habría en ello?

–Engañaríamos a tu abuela. Y a tu primo.

–No te preocupes por Rafe. No vive en la casa.

–Da igual.

–Me harías un gran favor. Y mi abuela se lo creería cuando te viera. Siempre le has caído bien.

–¡Pero si casi no me conoce!

–Pero ha oído hablar de ti –insistió Cary–. Y cuando volvamos, te escribiré una carta de recomendación para que puedas emplearla para otro trabajo

–¿Te refieres a un trabajo de verdad?

–Este trabajo será de verdad, Juliet, te lo prometo. Dime al menos que lo pensarás. No tienes nada que perder.

Capítulo 2

LA marea había subido y las marismas de Tregellin estaban cubiertas de agua salada. Las aves marinas volaban entre las olas y el reflejo del sol en el agua era cegador. Por una vez, la vieja casa parecía hermosa en vez de descuidada. Mientras conducía un Land Cruiser por el camino que llevaba hasta ella, Rafe pensó que necesitaba un dueño que la cuidara. Aunque no iba a ser él. Dijera lo que dijera la anciana, no iba a dejar Tregellin al hijo ilegítimo de un olivarero. Tampoco él la quería. Ya que el estudio de pintura que había montado funcionaba, ni siquiera tenía tiempo de hacer lo que tenía que hacer. Cobraba los alquileres, llevaba los libros de contabilidad y se aseguraba de que la anciana pagara los impuestos. Incluso cortaba el césped y arrancaba las malas hierbas de los setos, pero la casa necesitaba una obra importante.

El problema era que él no tenía dinero, no el suficiente para devolver al edificio su antiguo esplendor. Y si lady Elinor era tan rica como la gente del pueblo decía, se lo ocultaba a la familia. Rafe sabía que Cary creía que su abuela era rica, lo cual era el motivo de que casi nunca rechazara la invitación de ir a verla y de que sus deseos fueran órdenes para él. Si Rafe lo respetara más, le habría dicho que la anciana lo usaba para satisfacer su ansia de poder. Si pretendía que Cary fuera su heredero, iba a obligarlo a esforzarse mucho para conseguirlo. Pasara lo que pasara, Rafe dudaba de que

Tregellin sobreviviera a otra muerte en la familia. A menos que lady Elinor tuviera dinero oculto, cuando muriera habría que vender la finca, que probablemente era lo que pretendía Cary. No veía a su primo marchándose de Londres y renunciando a la vida que llevaba allí. Además, después de pagar el entierro y la minuta de los abogados, Cary podría considerarse afortunado si liquidaba las deudas de su abuela.

Rafe estaba seguro de que la anciana vivía con dinero prestado. Las minas de estaño que habían sido la fortuna de los Daniel llevaban cincuenta años agotadas. En la finca, con granjas lecheras y agrícolas, las cosas habían mejorado en los años anteriores, pero, como todo, necesitaban un tiempo que tal vez no tuvieran. Era una pena, pero la anciana ya no gozaba de la misma salud que antes. No quería pensar lo que pasaría cuando muriera. Tregellin merecía recobrar su esplendor, no que la vendieran para pagar las deudas de un fracasado.

Rafe bordeó la pista de tenis para llegar a la puerta principal de la casa. Tregellin daba al río. Cuando era pequeño le encantaba bajar al embarcadero y sacar la barca que sir Henry le había enseñado a utilizar. Bajó del coche con la bolsa de comestibles que había comprado en el supermercado del pueblo. A lady Elinor no le gustaría que se hubiera gastado el dinero, pero Josie lo aprobaría. Josie Morgan era el ama de llaves y la dama de compañía de la anciana, y era casi tan vieja como ella.

Aunque había aparcado en la puerta principal, Rafe siguió el sendero que conducía a la cocina. Hitchins, el pekinés de la anciana, ladraba sin parar como de costumbre, pero cuando Rafe entró se detuvo y le frotó la pierna con el morro.

–¡Qué animal tan escandaloso! –lo regañó Rafe mientras le rascaba las orejas con afecto.

Hitchins tenía casi catorce años y estaba ciego de un ojo, pero seguía reconociendo a los amigos. Jadeó un poco para que Rafe lo tomara en brazos, pero éste dejó la bolsa en la mesa y se puso a sacar las cosas.

Josie llegó corriendo del vestíbulo con una bandeja en la que había dos tazas de café vacías y tres galletas de chocolate. Rafe tomó una y la mordió mientras Josie le daba la bienvenida y trataba de disimular su agradecimiento al tiempo que revisaba lo que había en la mesa.

—¡Solomillo! —exclamó con entusiasmo—. Nos mimas demasiado, Rafe.

—Si no lo hago yo, ¿quién lo va a hacer? —replicó éste con filosofía—. ¿Cómo está la anciana? Iba a haber venido ayer por la tarde, pero me surgió un imprevisto.

—Ese imprevisto no se llamaría Olivia, ¿verdad? —bromeó Josie mientras guardaba la carne y otros alimentos en la nevera.

—No hagas caso de las habladurías. ¿Dónde está la anciana? Debería ir a saludarla.

—¿Llevo más café? —preguntó Josie

—Me tomaré una de estas latas —dijo Rafe mientras agarraba un refresco de jengibre que había comprado para él—. No, no necesito vaso —la disuadió antes de que pudiera sacar uno del armario—. ¿Está en el invernadero?

—Sí. No me cabe la menor duda de que habrá oído el coche. A pesar de sus años sigue oyendo como antes.

Rafe sonrió y, con Hitchins pegado a los talones, cruzó el vestíbulo y se dirigió al invernadero, iluminado por la luz solar. Estaba construido en uno de los lados de la casa, para aprovechar la vista del río. Los sauces llorones arrastraban las ramas por el agua en que se reflejaban y los martines pescadores se zambullían en ella desde la orilla.

Lady Elinor estaba sentada en una silla de mimbre

con respaldo en forma de abanico, al lado de una mesa que hacía juego con ésta. El periódico que había encima de ella mostraba un crucigrama casi acabado. La anciana se jactaba de terminarlo cada mañana antes de las once. Rafe echó una ojeada al reloj y vio que todavía faltaba un cuarto de hora.

—No quiero entretenerte —exclamó ella con malicia al observar su momentánea distracción.

—No lo haces —le aseguró mientras la besaba en la mejilla—. Quería saber la hora. Parece que corres el riesgo de que hoy te derrote.

—Si te refieres al crucigrama, es culpa de Josie, que me hace chismorrear, me trae café y se cree en la obligación de entretenerme. Le he dicho mil veces que no necesito su compañía.

—En realidad te encanta —Rafe tomó el pekinés en brazos y se acercó a la ventana—. ¿De qué habéis hablado? ¿O no debo preguntártelo?

—Le he dicho que Cary va a venir con su novia el jueves. Espero que se queden unos días, por lo menos el fin de semana.

—¿Su novia? —Rafe se dio la vuelta y dejó el perro en el suelo. Sin hacer caso de sus protestas, se metió las manos en los bolsillos de la chaqueta de cuero y un mechón de pelo negro le cayó sobre los ojos—. Estarás contenta. Por fin ha sentado la cabeza.

—En el caso de que sea verdad —la anciana frotó la empuñadura del bastón que había al lado de la silla.

Rafe pensó lo difícil que le resultaría a Cary engañar a su abuela. Su mente seguía tan despierta como siempre, a pesar de las muchas arrugas de su rostro.

—En realidad ya conozco a la chica —prosiguió la anciana—. Vivía con su familia en la misma calle que Charles e Isabel. Se llama Juliet Lawrence. Bueno, se apellidaba Lawrence, pero se ha divorciado, así que vete a saber cómo se apellidará ahora. Es más joven que Cary. Su padre trabajaba en la City. Su madre murió cuando era un bebé y me parece que el padre falleció hace cinco o seis años.

—Un informe completo —señalo Rafe con sequedad mientras lady Elinor le lanzaba una mirada sombría.

—Tengo que saber esas cosas, Raphael —dijo irritada—. No quiero que Cary se case con cualquiera. Al menos esa chica es de familia decente.

—¿No te parece que invitar a Cary y a su novia puede ser demasiado para ti en estos momentos? —aventuró Rafe.

—Estoy acatarrada, no tengo una neumonía —le replicó mirándolo indignada—. Siempre me acatarro en primavera.

—Si tú lo dices —Rafe sabía que era mejor no discutir—. Bueno, voy a ver si Josie necesita ayuda. Si los vas a alojar en la habitación de invitados, comprobaré que no hay goteras en el cuarto de baño.

—No los voy a alojar en ningún sitio —lady Elinor parecía muy ofendida—. Cary dormirá en su habitación, como siempre, y la señorita Lawrence lo hará en los aposentos de Christina.

—Nunca te había oído llamarlos así —dijo Rafe con las mandíbulas apretadas.

—¿Ah, no? Christina era mi hija, Raphael. El hecho de que llevara una vida que me desagradaba no implica que la haya olvidado.

—¿Y perdonado?

—Soy muy vieja para guardar rencor, Raphael.

—De acuerdo —inclinó la cabeza y se dirigió a la puerta—. ¿Necesitas algo?

—Josie me ha dicho que diste una fiesta anoche en tu estudio —dijo la anciana con desgana—. ¿Por qué no me lo dijiste?

—No creí que te interesara —contestó Rafe suspirando mientras se detenía en el umbral.

–¿Por qué no?

–¿Por qué no? Veamos los motivos. ¿Porque no apruebas que pinte retratos para vivir? ¿Porque no quieres que acabe como mi madre? ¿Porque mi independencia te saca de quicio? ¿Me voy acercando?

–No me gustan algunas personas de las que frecuentas –concedió lady Elinor–. Pero nunca impedí a tu madre hacer lo que quisiera ni tampoco te lo impediré a ti. Recuerda que fue ella la que decidió vivir en esos sitios exóticos con un niño pequeño de cuya existencia yo no tenía noticia. Cuando murió, no vacilé en ofrecerte un hogar aquí, conmigo.

–Lo sé.

–Que no estemos siempre de acuerdo no significa...

–De acuerdo, lo siento.

–... que no me preocupe por ti, Raphael.

–Lo sé –Rafe cerró los ojos un instante y prosiguió hablando con fatiga–. Tenía que haberte hablado de la fiesta. Tienes razón, ha sido una falta de consideración por mi parte. El periódico local hizo fotos, así que cuando me envíen las copias te las enseñaré. No fue nada del otro mundo: una copa de vino y la oportunidad de ver el estudio.

–Seguro que fue emocionante –dijo lady Elinor, aunque Rafe percibió reticencia en su voz–. Dentro de poco no volverás por Tregellin.

–Siempre tendré tiempo para ti –respondió él con dureza–. Me tengo que ir, de verdad. Tengo una cita con Liv Holderness a las doce y media.

–¿Olivia Holderness? –lady Elinor entrecerró los ojos–. ¿La hija de lord Holderness?

–Lord Holderness no tiene ninguna hija, ni tampoco un hijo, como sabes muy bien. Liv es su esposa. Quiere hablar conmigo para que haga un retrato para regalárselo a su marido cuando cumpla sesenta años.

–Ya veo. Parece que la conoces bien. Creo recordar

que Holderness no lleva mucho tiempo casado con ella.

—Dieciocho meses, me parece —el tono de Rafe era sardónico. Sabía que no sucedía nada en los alrededores sin que lady Elinor se enterara—. Es su tercera mujer. El viejo las cambia por un nuevo modelo cada cierto tiempo.

—No seas grosero —desaprobó lady Elinor—. Y ten cuidado con lo que haces. Me parece significativo que ella haya elegido un estudio local en vez de uno de los mucho más famosos que su marido y ella deben conocer en Londres.

—Gracias por el elogio —dijo Rafe en tono seco y haciendo una mueca—. No te preocupes. Hace años que conozco a Liv. Su padre es dueño del hotel Dragon en Polgellin Bay.

—¿Así que es una Melrose?

—La hija menor.

—Por tanto debe de ser mucho más joven que Holderness.

—Treinta años, creo —asintió Rafe—. Pero parecen bastante felices.

—Bueno, recuerda lo que te he dicho —dijo de repente lady Elinor mientras se levantaba y se le acercaba. Era alta, aunque no tanto como él, y se apoyaba con fuerza en el bastón. Llevaba puesta una falda, una blusa de seda y un chal sobre los hombros, y el pelo, en otro tiempo negro, se le había vuelto gris. Le puso la mano en el brazo y lo miró con sus ojos azules—. Ten cuidado —añadió mientras lo besaba—. Aunque no siempre lo demuestre, te tengo mucho cariño, Raphael.

La culpa había sido del recibo de la luz, que la esperaba cuando volvió al apartamento. Miró con incredulidad la cifra que debía. Le parecía imposible haber usado toda aquella electricidad. Si apenas utilizaba el horno y apagaba religiosamente la luz cuando salía de una habitación. Pero usaba el microondas. Y la calefacción era cara. Al ver escrito lo que debía se asustó. El hecho de que fuera la estación más fría del año no le sirvió de consuelo. Por eso, cuando Cary la telefoneó dos días después para preguntarle si se lo había pensado, Juliet se dejó convencer. Le había ofrecido una cifra por cuatro días de trabajo imposible de rechazar. Sabía que podría pagar todos los recibos y aún le sobraría un poco, posiblemente lo suficiente para vivir hasta que encontrara trabajo.

A pesar de todo, cuando, aquel jueves, Cary dejó la autopista A30, Juliet estaba muy nerviosa porque se daba cuenta de que había cometido un terrible error. Cary le caía bien, por supuesto; o tal vez le caía bien el niño que había conocido muchos años antes. En aquel momento sabía muy poco de él. El hecho de que hubiera ido a su boda no era motivo suficiente para considerarlo su amigo. Y aunque él no dejaba de repetirle que le iba a encantar la zona en la que estaba la casa de su abuela, la idea de que la presentara como su novia le producía mal sabor de boca. Al mencionar el tema por primera vez, Cary había hablado de una novia, pero después se había convertido en su prometida, lo cual era totalmente distinto.

—Ya falta poco –dijo Cary creyendo que no hablaba porque estaba cansada–. Podemos parar a comer, si quieres.

Juliet, que no quería pasar más tiempo con él del necesario, consiguió sonreír débilmente.

—No debemos llegar tarde –dijo sin dejar de mirar la carretera–. Además, ¿no has dicho que tu abuela nos espera para comer?

Cary frunció los labios y Juliet tuvo la sensación de que tenía tan pocas ganas de hacer aquella visita como ella, lo que era comprensible si la anciana no dejaba de meterse en su vida. Claro que si lady Elinor no hubiera intervenido, Cary se estaría pudriendo en una prisión sudafricana.

–Supongo que ya es un poco tarde –reconoció él respondiendo a su pregunta, y luego señaló hacia el oeste–. ¿Habías visto antes un mar de ese color? Quiero decir en Inglaterra. Casi parece tropical. Me recuerda unas vacaciones que pase en la isla Mauricio. ¡Y qué hotel! La suite ocupaba toda una planta.

–Sería caro –murmuró Juliet en tono seco.

–Sí. Ojalá tuviera ahora tanto dinero –suspiró él sin pizca de remordimiento–. Por eso tengo que tener mucho cuidado con el modo de tratar a la anciana.

–¿No sabe que te gastas el dinero que te da en vacaciones caras? –preguntó Juliet sorprendida.

–Esa información es confidencial. No hables con ella de cómo me gasto el dinero. Si a veces me da algo, no voy a rechazarlo, ¿verdad? ¡Está forrada! Aunque, a juzgar por el estado de la casa, no lo parezca, te aseguro que tiene una fortuna escondida en algún sitio.

Juliet se sentía cada vez menos entusiasta ante el papel que le correspondía en aquel engaño. Se dijo que si Cary hubiera sido totalmente sincero con ella desde el principio, no habría accedido a ir con él. Se preguntó si era sincera consigo misma: al fin y al cabo, ella también lo hacía por dinero.

–Háblame de tu primo –le pidió para tratar de distraerse–. ¿Se parece a ti?

–Parece gitano, para que lo sepas –murmuró Cary con irritación–. Piel morena casi negra, pelo negro y grasiento, y una actitud fría que se podría cortar con un cuchillo.

–No te cae bien, ¿verdad?

–Te he dicho cómo es. Siempre tratando de halagar a mi abuela. No me cabe la menor duda de que ella lo alabará en tu presencia. Lo hace para molestarme. En serio... Tengo cosas mejores que hacer que arreglar enchufes y tapar goteras. Soy banquero, no un peón de albañil.

—Es probable que tu primo haga eso para ayudar a tu abuela —respondió Juliet eligiendo con cuidado las palabras—. No siempre es fácil encontrar a un fontanero o a un electricista.

—Pues espero que no crea que por hacer esas cosas va a tener algún derecho sobre la finca cuando la anciana la palme. En cuanto se lea el testamento, le voy a decir que no quiero que vuelva a poner los pies en esa casa. Tregellin es mía. Soy el único heredero legítimo, y lo sabe. Lo cual no le impide estar continuamente allí con el pretexto de ayudar a la anciana.

—No seas tan duro —Juliet negó con la cabeza.

—Sólo soy práctico. Bueno, ya casi hemos llegado. Esas chimeneas que sobresalen por encima de los árboles son las de la casa. Está en un promontorio que da al estuario del río Eden. Es un hermoso lugar, pero no es el jardín del Edén.

Se aproximaron a la casa por un camino bordeado de rododendros y acacias. Juliet supuso que al final de la primavera serían una explosión de color. En aquel momento, las hojas brillantes ocultaban los posibles capullos, y debido a que las nubes estaban muy bajas, el camino tenía un aspecto sombrío.

La casa estaba rodeada de un terreno muy amplio. Había pista de tenis, pista de croquet y un huerto. Rodearon el edificio y Juliet vio que era la parte de atrás la que daba a la carretera. La fachada principal daba al río. Había un coche aparcado en el patio. Al bajar del de Cary, Juliet oyó que éste lanzaba un gruñido de enfado. Se volvió para ver cuál era la causa y contempló a un hombre que había aparecido por un lateral del edificio. Era alto y robusto, llevaba una chaqueta de cuero gastada y unos vaqueros que se ajustaban a sus piernas delgadas y musculosas. Unas botas viejas completaban su atuendo, y Juliet no tuvo que emplear su sexto sentido para saber que aquel hombre era Rafe Marchese. Éste la miró, y ella sintió una molesta sensación de alerta en la boca del estómago. Era muy atractivo; la desdeñosa descripción de Cary no le hacía justicia.

Tenía el pelo negro y necesitaba un corte, pero no era grasiento. Tenía la piel morena y barba de un par de días. No era guapo. Sus rasgos eran demasiado duros y masculinos.

—Cary —se limitó a decir Rafe cuando su primo bajó del coche.

—Rafe —replicó Cary con voz tensa. Fue enseguida a por el equipaje, sin presentarle a Juliet.

Ella se sintió muy molesta. Tuvo que reconocer que más de lo que debiera, pero, por Dios, se suponía que era su prometida. Decidió que le daba igual lo que Cary pensara y se acercó con la mano extendida.

—Hola —dijo sonriendo—. Soy Juliet... la novia de Cary.

Capítulo 3

LA comida estaba fría, pero Juliet sabía que no podían echarle la culpa al ama de llaves. Los esperaban a la una y habían llegado a las dos y cuarto. Por muy experta que fuese la cocinera, un *rissotto* de setas no se podía conservar caliente por tiempo indefinido. No era que tuviera mucha hambre. El encuentro entre Cary y Rafe Marchese le había quitado las ganas de comer. Era evidente que los dos hombres se detestaban, pero Cary se había portado de modo grosero y había hecho que ella también lo pareciera. Tal vez fuera en parte culpa de ella. Cary se había enfadado cuando ella misma se había presentado a su primo. Pero estaba enfadada con Cary por no haberle prestado atención y no había pensado en las consecuencias de su acción al aproximarse al otro hombre.

La verdad, por difícil de aceptar que fuera, era que había querido que Rafe Marchese se fijara en ella, lo que era extraño teniendo en cuenta que, desde que David la había abandonado un año antes, no se había interesado por ningún hombre. No se había hecho ilusiones de que Rafe Marchese hubiera sentido lo mismo. Había sido cortés pero distante, y sus primeras palabras habían definido sucintamente la razón de que ella estuviera allí.

–Ah, sí. La prometida de Cary –había hecho una pausa–. Lady Elinor comenzaba a creer que habíais cambiado de idea.

De todos modos, cuando le estrechó la mano, ella

reaccionó como si hubiera tocado un hierro al rojo vivo. El calor que le transmitió su piel le llegó al fondo de su ser. Luego lo miró a los ojos, que eran oscuros e inquietantes como las nubes de tormenta que se acumulaban sobre Tregellin, y supo que, pasara lo que pasara, estaba perdida. Había retirado la mano con rapidez, y Cary se había abalanzado hacia ellos como un novio posesivo.

—¿Qué pasa aquí? –preguntó mientras ponía una mano sobre el hombro de Juliet–. ¿Qué le has dicho a mi prometida? Como sabías que íbamos a venir, creí que tendrías la decencia de no aparecer.

—Me alegro de verte –Rafe no pareció alterarse y habló con la misma cortesía que antes.

—Mi abuela me ha dicho que últimamente estás demasiado ocupado para visitarla, que pasas mucho tiempos con esos amigos tuyos que se las dan de artistas, según sus propias palabras. Pero tenía que haberme imaginado que estarías aquí cuando viniera.

—No me tomaría en serio todo lo que dice la anciana –señaló Rafe mientras miraba la cara sonrojada de Juliet–. Ya sabes que le gusta que nos peleemos. Si no fueras un blanco tan fácil, le sería mucho más complicado conseguir sus propósitos.

—Claro, como la conoces tan bien –apuntó Cary con desdén.

—Yo diría que la veo con más frecuencia –afirmó Rafe con suavidad–. Que eso signifique que la conozco mejor está por demostrar.

—No creas que no sé lo que pretendes –continuó Cary–. Piensas que porque vivo en Londres y tú aquí me llevas ventaja –apretó el hombro de Juliet–. Cuando nos casemos, puedes despedirte de hacer que la anciana cambie de opinión.

Juliet pensó después, mientras deshacía la maleta, que había querido morirse. Ya era bastante fingir que era la prometida de Cary; no tenía que haber dicho que se iban a casar, como si fueran a hacerlo en unas semanas. No tenía ni idea de lo que había pensado Rafe. A juzgar por su sonrisa burlona, estaba acostumbrado al comportamiento de Cary y no se sentía ofendido. Pero ella habría preferido no haber formado parte de aquello. Afortunadamente, la llegada de un perrito había puesto fin al altercado. Era un pekinés que se había dirigido directamente a Cary y le había mordido el pantalón. Éste, enfadado, le había dado una patada.

–Es un animal muy inteligente –señaló Rafe con frialdad mientras se ponía en cuclillas y acariciaba al perro.

Juliet sintió momentáneamente envidia del perro, pero Cary sacó las maletas del coche y se dirigió hacia la casa, por lo que se vio obligada a seguirlo. Estaba segura de que a lady Elinor no le gustaría enterarse de que su nieto había dado una patada a su pekinés. Esperaba que Rafe Marchese no se lo dijera, aunque, después del modo de comportarse de Cary, no lo culparía si lo hacía.

Reunirse con lady Elinor había sido una especie de anticlímax después de la confrontación. Como cabía esperar, era mucho mayor de lo que Juliet recordaba, pero seguía intimidándola. Pensaba que Rafe se parecía más a ella que Cary. Era alto como ella y tenía el mismo aire de proceder de buena cuna.

Durante la comida, Juliet había tenido que esquivar bastantes preguntas sobre el fracaso de su matrimonio con David. El hecho de que sólo hiciera nueve meses que se habían divorciado había llevado a lady Elinor a decir que, en su lugar, no habría tenido prisa en volver a casarse. Cary había acudido en su ayuda asegurando a la anciana que el motivo de que el matrimonio de Juliet no hubiera funcionado había sido el haberse casado con el hombre equivocado, ya que sólo quería su dine-

ro. Juliet se había alegrado de que Rafe Marchese no
estuviera allí para ver la expresión ligeramente diverti-
da de lady Elinor al oírlo. Al acabar de comer, se sintió
aliviada cuando la anciana pidió a Josie que acompañara a su invitada a la habitación. Era evidente que quería
quedarse a solas con su nieto, y Juliet rezó para que
éste no le hiciera más promesas que no podría cumplir.

Una vez deshecha la maleta, Juliet contempló la habitación. Era enorme. Ni siquiera las de la casa de su
padre habrían podido competir con aquélla. Pero todo
el edificio estaba muy abandonado, los altos techos necesitaban una mano de pintura y el papel de las paredes
se caía a pedazos, lo cual no era de extrañar si Josie era
la única ayuda que tenía lady Elinor. Era casi tan anciana como su señora y Juliet dudaba que tuviera tiempo
de quitar el polvo de todas las habitaciones y mucho
menos de dedicarse a hacer reparaciones.

En aquella casa todo era a gran escala, incluyendo
los muebles. Había probado la cama y parecía cómoda.
Y las sábanas estaban limpias y olían a lavanda. Se dijo
que sólo serían tres noches y que era poco probable que
lady Elinor tuviera nada más que decirle. Tal vez pudiera pedirle prestado el coche a Cary para visitar la
ciudad más próxima. No tenía mucho dinero para ir de
compras, pero por lo menos se alejaría de la casa.

La habitación estaba en la parte delantera de la casa
y tenía una vista magnífica sobre el estuario. La marea
estaba baja y había decenas de pájaros en la marisma.
Aunque no era una experta, reconoció algunos y se dijo
que, viviendo allí, uno podía desarrollar una gran afi-
ción por ellos. Sólo eran las cuatro y media y, como no
quería quedarse en la habitación hasta la hora de la
cena, decidió buscar al ama de llaves, quien tal vez le
contara algo de la historia de la casa o de sus ocupan-
tes, aunque era consciente de que lo que más o quien
más le interesaba era Rafe Marchese.

Se lavó la cara en el cuarto de baño y se miró en el espejo. Estaba un poco colorada, probablemente por el agua fría. Era evidente que lady Elinor no quería tener agua caliente durante el día. Se retocó el maquillaje. Pensó que no era guapa, aunque sí atractiva. Por suerte, su pelo rizado sólo necesitaba un cepillado. Llevaba una media melena, y aunque hacía tiempo que no podía permitirse darse mechas, todavía se adivinaban reflejos dorados en el cabello de color castaño claro. ¿O eran grises? Se inclinó con inquietud hacia el espejo. Después de todo por lo que había tenido que pasar, no le extrañaría.

Bajó las escaleras mientras buscaba con la mirada a Cary o a su anfitriona. Prefería no encontrarse con ninguno de ellos. El vestíbulo estaba desierto y se dirigió con rapidez hacia lo que parecía ser la cocina, donde halló a Rafe Marchese tomando té con el ama de llaves. Juliet no supo quién de las dos se sorprendió más: Josie o ella.

—Señorita Lawrence —dijo Josie con torpeza mientras se levantaba—. Estaba a punto de subirle la merienda.

—¿La merienda? —Juliet vio una bandeja en la que había una taza, leche, azúcar y galletas. Sólo faltaba la tetera, por lo que supuso que Josie se había visto interrumpida por la llegada de Rafe.

Si éste estaba desconcertado por la repentina aparición de Juliet, no lo demostró. Ni siquiera se levantó, se limitó a lanzarle una mirada enigmática.

—Sí, la merienda —Josie estaba deseosa de demostrar a la invitada que ya estaba todo listo—. Pero ya que ha bajado, ¿prefiere que se la sirva en el salón?

—¿No podría tomármela aquí, con usted y... el señor Marchese? —no tenía ganas de repetir la experiencia del salón.

—Rafe —corrigió él mientras dejaba la taza en la mesa. No deseaba profundizar en la relación con aquella joven, pero no podía hacer como si no existiera–. Creo que Josie preferiría servírsela en el salón.

–Pues yo preferiría tomarla aquí –insistió Juliet, frunciendo los labios–. ¿Supone algún problema?

–Claro que no, señorita Lawrence –Josie estaba claramente molesta por la repentina hostilidad entre ambos–. Deme un minuto para preparar más té.

–Tomaré del que ya está hecho –Juliet lanzó a Rafe una mirada desafiante–. Creía que ya se había marchado, señor Marchese.

–He vuelto –contestó él con calma para luego imitar su desafío–. ¿Algún problema?

Juliet se sonrojó, lo que demostraba que no estaba tan segura de sí como quería aparentar.

–No soy yo quien tiene que decirlo –respondió en tono cortante.

–Pero lo has dicho –señaló él que no quería que se saliera con la suya.

–Rafe, por favor –dijo Josie con una mirada suplicante–. Estoy segura de que la señorita Lawrence sólo trataba de conversar –se apresuró a servir una taza de té a Juliet–. ¿Cómo lo quiere? ¿Con leche y azúcar o con una rodaja de limón?

Juliet se sentía violenta. Al llegar no había tensión. La que se había creado era culpa suya. Aunque tal vez no tuviera toda la culpa, se defendió. Comenzó a preguntarse si el resentimiento de Cary no estaría justificado. Era indudable que Rafe se estaba comportando de manera deliberadamente grosera con ella.

–¿Le parece cómoda la habitación? –preguntó Josie mientras ofrecía asiento a Juliet y, aunque hubiera preferido quedarse de pie, se dio cuenta de que la anciana no se sentaría hasta que ella lo hubiera hecho.

–Muy cómoda. La vista del estuario es maravillosa.

Rafe la miró con los ojos entrecerrados. Habría preferido que la anciana no la hubiera alojado en la antigua habitación de su madre. Se preguntaba asimismo qué vería en un fracasado como Cary una chica como aquélla. ¿Qué le habría dicho lady Elinor sobre ella? ¿Que ya se había casado y divorciado? No parecía tener edad suficiente como para poseer tanta experiencia de la vida.

Juliet se dio cuenta de que la miraba con los párpados caídos y unas maravillosas pestañas que ocultaban sus inquietantes ojos oscuros. ¿Qué pensaba? ¿Suponía que, como a Cary, sólo le interesaba el dinero de la anciana? El silencio se prolongaba demasiado y Josie, que trataba de decir algo que no fuera polémico, lanzó una mirada suplicante a Rafe.

—Tu abuela va a dar una cena el sábado. ¿Te lo ha dicho?

—¿Por qué iba a decírmelo? —preguntó él en tono seco—. No estoy invitado, ¿verdad?

—No —Josie tuvo que ser sincera—. Pero vienen los Holderness.

—¿Ah, sí? —Rafe torció el gesto—. Me parece que la anciana tendrá que hacer uso de todos sus recursos.

—Eso es precisamente... —Josie se dio cuenta un poco tarde de que había ido demasiado lejos en presencia de una invitada.

—No te preocupes —dijo Rafe al observar la preocupación en sus ojos—. Estaré aquí por si me necesitas.

—¡Oh, Rafe!

Josie pronunció esas palabras con tan sincera emoción que Juliet se dio cuenta de que el ama de llaves no compartía su opinión sobre él. De hecho parecía haber verdadero cariño entre ambos, por lo que volvió a mirarlo. Y se encontró con su mirada reflexiva. Apartó la vista inmediatamente, pero no sin antes haber tenido la impresión de que su opinión sobre ella era tan crítica como la que ella tenía de él. Era evidente que creía que era una joven bonita y tonta, con la cabeza hueca, que se aferraba a Cary debido a sus posibilidades de heredar. Decidió que era asunto suyo hacerle cambiar de opinión, por lo que se obligó a volver a mirarlo.

—Cary ha dicho algo sobre que es usted artista, señor Marchese —dijo en tono cortés—. ¿Es famoso?

—Creo que lo que dijo fue que tenía amigos que se las daban de artistas —murmuró Rafe con malicia.

—¡Rafe! —exclamó Josie en un tono apenas audible, pero Juliet no la escuchó.

—¿Y los tiene?

—No —contestó Rafe suspirando mientras dejaba la taza en la mesa y le lanzaba por primera vez una mirada tolerante—. Es la forma que tiene Cary de denigrar lo que no entiende.

—Rafe, por favor...

Josie se estaba desesperando, y esa vez Juliet sí la oyó.

—No se preocupe, señora Morgan. Es evidente que al señor Marchese no le caigo bien. No importa. Él a mí tampoco —acabó el té y dejó la taza en la mesa—. Voy a echar una ojeada afuera, si me está permitido.

Cuando llegó al vestíbulo, Cary bajaba las escaleras. Era lo único que le faltaba. Y la situación empeoró cuando la puerta de la cocina se abrió detrás de ella. Por algún motivo, Rafe había decidido seguirla. Cary no lo vio inmediatamente debido al ángulo que formaba la escalera.

—¿Dónde estabas, Juliet? —le preguntó irritado—. Llevo horas buscándote. No estabas en tu habitación —movió la mano con impaciencia—. ¿Dónde demonios te habías metido?

Si Juliet esperaba que las palabras de Cary disuadieran a Rafe de intervenir, se equivocaba.

—Estaba tomándose un té en la cocina con Josie y conmigo. Supongo que no tienes nada que objetar.

—Por supuesto que sí —Cary había llegado al final de la escalera y miraba con suspicacia a Juliet y a su primo. Luego, con el gesto torcido, se dirigió a su supuesta prometida–. ¿Qué ha pasado?

–Por casualidad –le respondió ella con voz cortante–. Buscaba a alguien con quien hablar y pensé que Josie podría contarme algo de la casa.

–¿Y él? –Cary señaló a Rafe con la cabeza.

–Estaba tomándome un té con Josie, por si te interesa –replicó Rafe antes de que Juliet pudiera contestar–. Ésta no es tu casa todavía, Cary, así que puedo entrar y salir como me plazca.

–¿Te crees que no lo sé? ¿Dónde está mi abuela? Supongo que en el invernadero.

–Me imagino que estará descansando –contestó Rafe de muy mala gana–. Suele hacerlo por la tarde, cosa que sabrías si estuvieras aquí más a menudo.

Cary no se molestó en responderle. Le pasó a Juliet el brazo por los hombros, lo cual a ésta le produjo un desagradable escalofrío, e inclinó la cabeza hacia ella.

–¿Y si damos un paseo? –le sugirió–. Quiero enseñarte esto.

–No –con discreción, Juliet consiguió liberarse del brazo de Cary–. Iba a darme un baño –oyó el suspiro de incredulidad de Rafe y evitó su mirada. No era asunto suyo que ella cambiara de opinión.

–¿Así que un baño?

Juliet se preguntó si Cary la estaba provocando de forma deliberada.

–Me parece un buen plan. Podríamos dárnoslo juntos, cariño. ¿Te has fijado en lo grandes que son las bañeras? Te hace preguntarte a qué se dedicaría la generación de mis tatarabuelos cuando celebraba esas fiestas salvajes en el periodo de entreguerras.

–No a lo que te imaginas, Cary –declaró una voz fría y aristocrática. lady Elinor, con Hitchins bajo el brazo, había aparecido en el vestíbulo–. Rafe, ven un minuto antes de marcharte, por favor.

Capítulo 4

JULIET se bañó, aunque el agua estaba bastante fría. Utilizó la ducha para aclararse antes de pisar el frío suelo de mármol. Estaba tiritando al envolverse en la toalla que había dejado al lado de la bañera. No había secador, pero como se había lavado la cabeza por la mañana, no le importó. Pensó que estaba malacostumbrada, ya que se había habituado a alojarse en hoteles donde había todo lo necesario. Aunque se dijo que ya no era así, mientras por un momento se le aparecía el espectro del recibo de la luz. Y por violento que le resultara estar en aquella casa, al menos le proporcionaría dinero suficiente para pagarlo. Si pudiera hacer caso omiso de Rafe Marchese, la situación no sería tan desagradable.

Sabiendo que lady Elinor daría una cena en honor de su nieto aquel sábado, Juliet examinó con ojo crítico la ropa que había llevado. No es que tuviera poca, ya que, hasta que David le anuló las tarjetas de crédito, le gustaba mucho ir de compras. Pero no había metido muchas prendas en la maleta, pues las quejas de Cary de que su abuela no gastaba mucho dinero no la habían preparado para la verdadera situación de Tregellin. La anciana, aunque tal vez no tuviera dinero, vivía con estilo y, a pesar de lo caro que resultara el mantenimiento de la casa, no tenía intención de mudarse a otra más pequeña. Juliet tendría que reservar el vestido negro hasta el sábado. Era la prenda más formal que tenía, y había dudado antes de añadirla al equipaje, pero se alegraba de haberlo hecho.

Se puso unos pantalones de seda color berenjena de cintura baja y una camisa verde y malva. Eran poco más de las siete cuando bajó. Cary le había dicho que su abuela solía cenar a las siete y media. Aunque Juliet habría preferido quedarse en su habitación hasta la hora de la cena, hubiera sido una descortesía. Al oír voces que provenían del salón se dirigió hacia allí, de donde vio salir al ama de llaves. Esperaba encontrar a Cary con su abuela, pero sólo estaba ella, lo cual la perturbó, a pesar de que la anciana fue la amabilidad personificada al ofrecerle un jerez. A Juliet no le gustaba, porque le resultaba demasiado dulce, pero la buena educación la obligó a aceptarlo.

—Sírvete tú misma —añadió la anciana mientras señalaba con el bastón una bandeja—. Tengo artritis en las manos, así que no me resulta fácil levantar la botella.

—Mi padre también padecía artritis —afirmó Juliet mientras se servía un poco de jerez y se sentaba en el sofá de piel frente al sillón de la anciana—. Decía que era por haber escrito a pluma durante muchos años.

Lady Elinor estaba muy elegante aquella noche, con una falda negra hasta los tobillos y una blusa de seda de color crema. Volvía a llevar un chal por los hombros.

—Tu madre murió antes que tu padre, ¿verdad?

—Murió después de que yo naciera. Mi padre se quedó destrozado, como se imaginará.

—Desde luego. Y creo que tu padre era mucho mayor que tu madre —prosiguió la anciana ante la sorpresa de Juliet por lo que sabía de su vida—. Pero al menos te tenía a ti. Debisteis de estar muy unidos.

—Sí —Juliet sintió una punzada del mismo dolor que había experimentado cuando su padre murió—. ¿Conoció a mi padre, lady Elinor?

–No. Pero recuerdo que mi hijo y su esposa me hablaron de la amistad de Cary con la hija de Maxwell Lawrence. Y sé que Cary se quedó consternado cuando, al venir a vivir conmigo, tuvo que dejar a todos sus amigos del pueblo.

–Hace tanto tiempo de eso… –apuntó Juliet, y dio un sorbo de jerez, que no le resultó muy dulce.

–Así es –suspiró lady Elinor–. A mi edad es más fácil mirar atrás –hizo una pausa–. Pero te casaste. Cary fue a la boda. ¿Te diste cuenta de que lo habías hecho con el hombre equivocado?

–Me temo que sí –respondió Juliet con el gesto torcido.

–¿Preferirías no hablar de ello?

–No. Fue un error estúpido. David no me quería. Como probablemente le habrá dicho Cary, lo único que le interesaba era mi dinero.

–¿Y tu padre no insistió en que firmara un acuerdo antes de convertirte en su esposa?

–Mi padre murió un año antes de que conociera a David –le explicó Juliet compungida–. Y creí a mi futuro esposo cuando me dijo que el dinero no le importaba.

–El dinero siempre importa –dijo la anciana con firmeza–. Excepto a alguien como Rafe. Lo conoces, ¿verdad? Es el hijo de mi hija Christina que, por desgracia, no se casó con su padre.

–Ah –Juliet frunció los labios–. ¿ A qué se refiere cuando dice que a Rafe no le interesa el dinero?

Era una pregunta personal, pero, por suerte, la anciana no pareció ofenderse.

–Quizá debiera rectificar y decir «mi dinero». Le va estupendamente sin él. La pequeña galería que ha abierto ha sido un éxito.

–¿Así que es pintor?

–Sí. También da clases de arte en un instituto de Bodmin.

–¿En serio? –Juliet se percató de que Rafe había sido muy poco claro al hablar del tema–. ¡Qué interesante!

–¿Tú crees? –la anciana parecía tener dudas–. Su madre me partió el corazón con su insensato desprecio por la propiedad. También pintaba y mira cómo acabó.

–Cary me dijo que se cayó del balcón del hotel.

–Ésa es la versión oficial.

–¿No es cierta? –Juliet la miró fijamente.

–No me gusta hablar de eso –lady Elinor sonrió secamente–. ¿Por qué no me cuentas cómo volvisteis a encontraros Cary y tú? ¡Qué coincidencia! ¿Vas al casino?

–¿Al casino? –preguntó Juliet.

–Sí –prosiguió ante la mirada de desconcierto de Juliet–, donde trabaja mi nieto. No sé cómo logró convencerlos de que le dieran trabajo después del fiasco de Sudáfrica. ¿Sabes de qué hablo?

Juliet asintió y no supo qué añadir, así que se alegró al oír unos pasos pesados que cruzaban el vestíbulo. Un instante después apareció Cary vestido con elegancia excesiva para la ocasión: pantalones de satén negro y esmoquin rojo. Entró en el salón con aire arrogante, como si esperara que lo felicitaran por su aspecto. Pero lady Elinor se limitó a alzar las cejas. Y cuando Hitchins, que estaba durmiendo a sus pies se despertó y comenzó a gruñir, lo agarró y se lo puso en el regazo. Cary saludó cortésmente a su abuela y se sentó al lado de Juliet.

–Estás preciosa –le dijo al tiempo que depositaba un desagradable beso en su cuello–. Y también hueles de maravilla. ¿Es Chanel?

–No. Tu abuela y yo te hemos estado esperando.

–Lo siento –Cary trató de volverla a besar, pero ella consiguió esquivarlo–. Si hubiera sabido que me echabas de menos, me habría dado mucha más prisa.

—No ha dicho que te echara de menos —observó la anciana con malicia—. De hecho, hemos tenido una conversación muy interesante. Iba a decirme cómo os reencontrasteis.

Juliet suspiró al darse cuenta de que Cary se había puesto rígido. De eso no habían hablado, y comprendió que había sido una estupidez no hacerlo.

—Fue en casa de unos amigos comunes —mintió ella al tiempo que, con la mirada, indicaba a Cary que no la contradijera—. En casa de los Bainbridge. Hace años que los conocemos.

—Sí, en casa de los Bainbridge —asintió Cary agradecido.

Juliet esperaba que la anciana no los conociera, ya que sus amigos se quedarían confundidos al saber que se iba a volver a casar, sin habérselo dicho, con alguien que había conocido en su casa.

—¿Y cuándo fue eso?

—Hará más de seis meses —señaló Cary.

—¿Más de seis meses? —preguntó su abuela, como Juliet sabía que haría—. ¿Y por qué no me habías dicho nada? Cuando viniste hace seis semanas no dijiste que fueras a casarte.

Cary se quedó perplejo, y Juliet volvió a acudir en su ayuda.

—Fue culpa mía —mintió, con la esperanza de que su sonrisa disimulara su sonrojo—. Le pedí que no hablara de nuestra relación con nadie. Como hacía tan poco tiempo que me había divorciado, no quería que nadie pensara que me precipitaba al volverme a casar.

—Es lo que estás haciendo —dijo lady Elinor apretando los labios.

Por suerte, Josie entró en aquel momento para anunciar que la cena estaba lista. El resto de la noche se desarrolló sin contratiempos. Juliet no sabía si la anciana estaba satisfecha con las respuestas o esperaba al día siguiente para seguir interrogándola. Después de la cena, puso una excusa perfecta para retirarse temprano.

–Ha sido un día muy largo.

–Sí, que descanses –Cary le tomó la mano y se la llevó a los labios–. Hasta mañana.

Juliet durmió mal. Extrañaba la cama, a pesar de que era cómoda, y no dejaba de pensar que aún le quedaban tres días de estancia allí. Después de dar vueltas y más vueltas, se levantó cuando comenzaba a clarear y se acercó a la ventana. La vista la calmó. El sol comenzaba a brillar en el estuario y la marisma bullía de actividad. Nunca había visto tantos pájaros juntos. Graznaban y piaban mientras se peleaban por conseguir el alimento que la marea había dejado al bajar. Parecía que iba a hacer buen tiempo. Juliet sintió la urgente necesidad de salir y no tener que soportar otro interrogatorio. Porque, a pesar de la amabilidad de lady Elinor la noche anterior, estaba segura de que su curiosidad aún no se hallaba satisfecha. Así que se duchó con agua tibia y se puso unos vaqueros, un jersey y unas playeras.

No parecía que hubiera nadie levantado, lo cual no era de extrañar, ya que no eran ni las siete de la mañana. Hacía frío en la cocina. Puso agua a calentar para prepararse un café instantáneo, que halló en uno de los armarios. Cuando abrió la vieja nevera buscando la leche, oyó una llave girar y abrirse la puerta de la cocina que daba al exterior. Se volvió sorprendida y vio entrar a Rafe Marchese. Llevaba dos bolsas de las que salía un delicioso aroma a pan recién hecho. Las puso sobre la mesa. Llevaba unos pantalones color caqui y un forro polar azul marino encima de una camisa con el cuello abierto, por el que asomaba una mata de vello oscuro. Llevaba las mangas subidas; tenía los brazos muy morenos y velludos.

Juliet se sonrojó al mirarlo. Pensó, irritada, que parecía una virgen estúpida que no hubiera visto un hombre en su vida. ¿Qué tenía Rafe Marchese que hacía que pensara en cosas que horrorizarían a cualquier chica decente?

—¿Quieres? —preguntó aparentando una frialdad y compostura que estaba muy lejos de sentir.

—Depende de lo que me ofrezcas —sonrió divertido mientras veía cómo a ella se le arrebolaban las mejillas.

Era sorprendente la facilidad con la que la desconcertaba, pensó él. Aquella mañana llevaba puestos unos vaqueros que destacaban el atractivo contorno de sus caderas, y aunque no dejaba de estirarse el jersey, éste se le subía dejando a la vista su tentadora piel. No era en absoluto la mujer que se había imaginado cuando la anciana le había dicho que Cary llevaría a su prometida a Tregellin. Y aunque el sentido común le decía que no era sensato acosarla, había algo en ella que despertaba en él un deseo malicioso de ver hasta dónde podía llegar.

Juliet se dio cuenta de que la estaba provocando a propósito y se preguntó por qué. Era una mujer divorciada y, supuestamente, la prometida de Cary.

—Café —contestó ella con retintín.

—Si te refieres a eso que vas a tomarte, paso, gracias. Josie lo prepara en cafetera. Tiene que estar por ahí.

—Supongo que no pretenderás que me ponga a prepararte café —exclamó Juliet indignada—. ¿Y qué haces aquí? ¿No es un poco temprano para venir de visita?

Rafe inspiró, apoyó sus delgadas caderas en el fregadero y cruzó las piernas y los brazos.

—Recuérdame que te evite cuando estés susceptible o irritable.

—No has contestado a mi pregunta.

—¿Qué pregunta?

—Te he preguntado qué hacías aquí tan temprano. ¿Te ha pedido lady Elinor que vengas?

–Es una manera de decirlo –respondió él mirándose las botas y sin dar más explicaciones.

–¿Por qué te ha pedido que vengas? –ella también sabía provocar. Tuvo una idea repentina–. No estará enferma, ¿verdad?

Rafe levantó la vista y la volvió a mirar con aquellos ojos oscuros e inquietantes.

–No que yo sepa. ¿Pasaste una agradable velada anoche? –añadió en tono despreocupado.

Juliet dejó salir todo el aire de sus pulmones. Se sentía como si hubiera estado corriendo muy deprisa sin llegar a ningún sitio. No sabía cómo romper aquella fachada burlona.

–Muy agradable –dijo por fin, y dio un sorbo de café–. Está bueno.

–Sí, seguro –Rafe se separó del fregadero mientras se acariciaba la barba incipiente–. ¿Quieres un cruasán? Están recién hechos, te lo aseguro.

Juliet se sintió tentada, pero no sabía si estaría bien aceptar algo de él. Se pasó la lengua por los labios.

–¿Los has hecho tú?

–No –respondió Rafe riéndose–. Me acosté a la una, así que no me he podido levantar a las cinco para preparar la masa.

A Juliet le habría encantado preguntarle qué había estado haciendo hasta la una, pero no se atrevió. Lo más probable era que hubiera estado con una mujer. ¿Quería de verdad saberlo? Cedió a la tentación del aromático bollo. Hacía mucho tiempo que no podía permitirse el lujo de tomar uno. La masa se le deshizo entre los dedos y algunos trocitos se le quedaron en los labios.

Estaba increíblemente atractiva, y Rafe experimentó un vehemente deseo de lamerle los labios para quitarle las migajas. No iba maquillada, y se imaginó que tendría la boca suave, húmeda, dulce... ¡Por Dios! Detuvo sus pensamientos en ese punto. Era la novia de Cary. ¿En qué estaba pensando para excitarse de aquella manera cuando no tenía la más mínima posibilidad de que ella lo calmara? Si tuviera juicio, la mantendría lo más alejada posible de él.

Juliet había dejado la taza para tomarse el bollo y, en aquel momento, se limpiaba la boca con una servilleta de papel.

—Estaba delicioso. Gracias.

—De nada —se dio cuenta de que ella lo miraba con mucha menos hostilidad. Era evidente que su generosidad había tenido un efecto no deseado en ella, por lo que a él le resultaría muy fácil cambiar su opinión de mantenerla alejada. Pero, con gran alivio por su parte, oyó ruidos en el piso de arriba. La habitación de Josie estaba encima de la cocina, y Rafe supuso que habría oído el coche o sus voces.

—¿Qué vais a hacer Cary y tú hoy? —preguntó bajando la voz.

—No lo sé. Aunque no te lo creas, antes de que llegaras, iba a ir a dar un paseo por el río.

—¿En playeras?

—Son muy cómodas.

—Pero no impermeables —observó Rafe en tono seco—. Necesitas botas de goma. En la orilla del río hay mucho barro en esta época del año.

—Pues... tendré que limitar mi exploración al jardín —hizo una pausa—. ¿Das clase hoy?

—Me imagino que mi abuela te lo ha contado.

—¿Que das clase? No es un secreto, ¿verdad?

—No. Te habrás dado cuenta de que lady Elinor preferiría que tuviera un trabajo normal a que me gane la vida como lo hago.

—¿Quieres decir pintando?

Él sonrió sin malicia y a Juliet se le hizo un nudo en el estómago. Era tan condenadamente atractivo que no habría sido humana si no se hubiera dado cuenta de que volver a estar soltera tenía desventajas evidentes. Hacía mucho tiempo que no había tenido relaciones sexuales ni deseado tenerlas, pero la idea de las manos de Rafe sobre su cuerpo le ponía la piel de gallina. No era probable que sucediera. Aparte de que él no estaba interesado en ella, se suponía que era la novia de Cary, y eso era algo que Rafe no olvidaría en modo alguno, por mucho que ella lo deseara.

—Sí, pintando —respondió él justo cuando Josie entraba en la cocina. Rafe se sintió culpable al ver cómo los miraba la anciana, como si pudiera leer lo que había estado pensando..

—Se ha levantado temprano, señorita Lawrence —dijo Josie.

—Hacía una mañana tan buena —afirmó Juliet, aunque no tenía ni idea de qué tiempo hacía al levantarse—, que decidí ir a dar un paseo.

—Y yo la he retrasado —intervino Rafe en tono amable—. Necesita botas de agua. No tiene.

—¿Qué número calza? —preguntó el ama de llaves.

—El treinta y ocho.

—Entonces le presto las mías, si quiere —dijo Josie con una sonrisa de triunfo—. Son un treinta y nueve, pero si se pone dos pares de calcetines, le valdrán.

Juliet no sabía qué decir. Nunca le habían prestado unas botas, pero no era momento de andarse con remilgos.

—Es usted muy amable. Y llámeme Juliet, por favor. Préstemelas si no le importa.

Capítulo 5

RAFE llegó a su casa a primera hora de la tarde. Su apartamento estaba encima del estudio donde exponía su obra y a veces la de otros artistas. Siempre había soñado con tener su propia galería. Y aunque la recompensa económica no era elevada, le producía una inmensa satisfacción. Esa mañana había tenido clase en la escuela en la que trabajaba a tiempo parcial. Esa tarde, Liv Holderness iba a ir al estudio para que comenzara a esbozar su retrato. A veces fotografiaba al modelo para tener una perspectiva. Tenía que calcular la altura, la profundidad y la luz que necesitaría. También era un experto fotógrafo, pero la pintura había sido su primer amor.

En su apartamento, que constaba de un amplio salón-comedor, una cocina pequeña, un dormitorio y un cuarto de baño, se dispuso a prepararse un café, lo que le recordó su encuentro con Juliet Lawrence aquella mañana. Se sintió irritado. ¿Qué tenía aquella mujer que le fastidiaba tanto? Había sido bastante educada, casi amable, pero él, al principio, se había comportado como un idiota. Se corrigió al pensar que ella lo había provocado. Y, en realidad, prefería no pensar en cómo había reaccionado después. Era lamentable que se hubiera excitado tanto. Para empezar, era la prometida de Cary. Y por lo que le había dicho lady Elinor, parecía que no había trabajado en su vida, pues había sido la consentida hija única de un rico hombre de negocios.

Había pasado directamente del colegio al matrimonio, para convertirse, aparentemente, en una esposa mimada. Las razones de que el matrimonio no hubiera funcionado no eran fáciles de adivinar. Mientras encendía la cafetera supuso que serían diferencias irreconciliables. ¿No era eso lo que se decía cuando los miembros de una pareja se aburrían de estar juntos y querían seguir cada uno por su lado?

Otro misterio era por qué se había comprometido con Cary, a no ser que se tratara de una de esas mujeres que necesitan un brazo masculino en el que apoyarse. Al fin y al cabo sólo tenía veintitantos años y ningún deseo de ser independiente. ¿No le importaba que Cary fuera un manirroto? De todos modos, no era asunto suyo. Él tenía su vida y se la ganaba sin la ayuda de nadie. Ésa era una de las cosas que molestaban a la anciana, que hubiera preferido que fuera como su primo. Pero a él, eso ya le había dejado de doler.

Había comprado un sándwich de pan italiano. Pensó que por influencia de su padre, al que siempre le había gustado ese tipo de pan. Se lo estaba comiendo cuando llegó Olivia. Ésta no se parecía en absoluto a Juliet Lawrence. Volvió a irritarse al darse cuenta de que las estaba comparando. El hecho de que Liv fuera una rubia pechugona a la que le gustaban las minifaldas y los zapatos de tacón, no era motivo para criticarla. Pero tuvo que reconocer que era lo que estaba haciendo al compararla con otra mujer que, a pesar de ser alta, delgada y con clase, no tenía ni la mitad del encanto de Liv. Así que no estaba de muy buen humor cuando la acompañó al estudio en el piso de abajo. Estaba cerrado mientras trabajaba. A diferencia de otros pintores, a él no le gustaban los espectadores. Además, los coleccionistas serios tendían a concertar una cita.

—Sólo me puedo quedar una hora —dijo Olivia mientras se sentaba en la silla que él le había indicado—.

Bobby cree que estoy en la peluquería –añadió en tanto que Rafe ajustaba las luces. Lanzó una risita–. Voy a tener que inventarme una excusa cuando vea que no me han peinado. ¿Tú qué crees?

Rafe aún estaba cayendo en la cuenta de que «Bobby» era lord Robert Holderness. Era fácil olvidar que Liv era lady Holderness. Estaba segura de que Bobby se había enamorado de ella por lo distinta que era de sus otras esposas. Rafe también lo creía.

–Tengo el pelo bien, ¿verdad? –era persistente–. Quiero que salga bien en el retrato –volvió a soltar una risita–. ¿Quién se hubiera imaginado que me acabarían haciendo un retrato?

–Es verdad, ¿quién se lo hubiera imaginado? –apuntó Rafe con una sonrisa.

–No te parezco una estúpida, ¿verdad? –le lanzó una mirada insinuante.

–No, ¿por qué? Me pagas muy bien y necesito el trabajo.

–Sé que eso no es verdad. Poppy Gibson –añadió, mencionando el nombre de la esposa de un parlamentario local– me ha dicho que en la fiesta que diste la semana pasada te hicieron varios encargos. ¡Ojalá hubiéramos venido Bobby y yo! Pero no se encontraba bien, tiene la tensión alta, y no podía dejarlo solo. Bueno, ¿tengo el pelo bien? –se tocó los mechones que se hundían provocativamente en la curva de sus senos–. Connie, mi peluquero, cree que este color me favorece. Pero no estoy segura. ¿Sabías que soy rubia natural?

–Sí, claro –replicó Rafe con sarcasmo. La conocía el tiempo suficiente como para saber que era castaña. Como Juliet. Frunció el ceño. ¡Tenía que dejar de pensar en aquella mujer!

–No tienes que ponerte así –Olivia tomó su ceño fruncido como respuesta a sus palabras–. De todas maneras, Bobby cree que soy rubia natural, y eso es lo que importa.

–¿En serio que lo cree? Me sorprende.

–¡Eres malvado! –Olivia se levantó de un salto y le dio un puñetazo en el brazo–. Apuesto lo que quieras a que no te acuerdas de cómo soy. Era de noche, estaba oscuro y estabas... bueno...

–Borracho –Rafe lo dijo por ella en tono seco mientras la empujaba hacia la silla–. Siéntate y no te muevas. Estamos desperdiciando tu tiempo y el mío.

–Pero estuvo bien, ¿verdad? –Olivia estaba decidida a seguir con la conversación–. Recuerdo que, al despertarme a la mañana siguiente, creí que me había enamorado.

Rafe no quería continuar hablando de aquello. Su relación con Liv había sido corta y no especialmente dulce. Él recordaba haberse despertado con una resaca muy parecida a la de aquella mañana.

–Pero estábamos bien juntos –insistió ella. Y al ver que no le contestaba, negó con la cabeza, molesta–. Rafe, ¿me escuchas?

–Te escucho –le dijo entre dientes porque, justo cuando la tenía encuadrada en la máquina fotográfica se había movido–. Pero estoy intentando trabajar. Si querías charlar, tenías que haberme pedido que fuéramos a tomar algo.

–Siento causarte tantas molestias –dijo Olivia de mal humor.

–No me causas molestia alguna –le aseguró él–. No me hagas caso. Anoche bebí demasiado vino.

–¿Vino? –Olivia alzó las cejas–. ¿Desde cuándo bebes vino?

–Desde que descubrí que es un analgésico más barato que el whisky –le explicó. Luego la estudió durante unos segundos a través de la lente de la cámara–. ¿Estás segura de querer hacer esto? ¿Crees que tu marido lo aprobará?

–¿Que me pintes desnuda? –preguntó con aire de suficiencia–. Claro que sí. A Bobby le vuelve loco mi cuerpo.

–Muy bien –Rafe no quería discutir–. ¿Así que quieres todo el tinglado? ¿Senos, trasero y lo demás?

–¡Qué forma tan encantadora de decirlo! –Olivia hizo una mueca y se puso las manos sobre el regazo al tiempo que tiraba del borde de la falda fingiendo que no quería que le viera las piernas.

Rafe tuvo que reconocer que eran muy atractivas. Esperaba hacerles justicia. Volvió a ajustar la cámara y disparó desde diversos ángulos, lo cual le serviría para conocer la estructura de la cara, la forma de la cabeza y la curva del cuello. Era consciente de que ella observaba sus movimientos con una expresión de anticipación en el rostro, y se preguntó, y no por primera vez, si había sido acertado aceptar el encargo.

–Muy bien –dijo al cabo de unos minutos. Dejó la cámara y puso una colcha en el suelo–. Túmbate y ponte cómoda. Quiero hacer unos bocetos preparatorios.

–¿Me desnudo? –preguntó Olivia poniéndose en pie de un salto y comenzando a desabrocharse la falda.

–¡No! –exclamó Rafe con énfasis ante la mirada resentida de ella–. Quiero decir –añadió apresurado– que hoy no es necesario. Sólo son unos bocetos preliminares.

–¿Así que no es necesario que me quite la ropa? –preguntó ella de mala cara.

–Al principio, no –Rafe suspiró–. Deberías alegrarte. En esta vieja casa hay muchas corrientes.

Olivia seguía decepcionada y Rafe se dio cuenta de que había querido desnudarse para él. ¡Por Dios! Esperaba que la anciana no tuviera razón. Cuando lady Elinor había hablado con desprecio sobre la nueva lady Holderness, quizá debiera haberle hecho caso

Juliet pasó un par de horas muy agradables paseando a la orilla del río. Descubrió que no era muy ancho. En algunas zonas, los árboles de ambas riberas casi se tocaban. Estaba todo lleno de barro, como Rafe le había advertido. Cerca del estuario, el aire olía a mar. Se notaba que iba a empezar la primavera. Le habría gustado saber el nombre de las flores silvestres que crecían por todas partes.

Al volver a la casa, Cary y su abuela tomaban café en el invernadero. Juliet hubiera preferido subir a su habitación para asearse antes de volver a ver a su anfitriona. Pero Cary, que la había estado buscando, salió a su encuentro cuando se apresuraba a cruzar el vestíbulo.

—¿Dónde estabas? —le preguntó de inmediato como la noche anterior—. Si pensabas salir, podías habérmelo dicho.

—No lo tenía planeado —dijo Juliet—. He ido a dar un paseo.

—De todas maneras tenías que habérmelo dicho —insistió Cary en voz baja—. Me habría venido bien un poco de aire fresco después del ambiente de este mausoleo. Ven. Estamos tomando café en el invernadero

—Iba a asearme un poco —protestó ella.

—Después —la agarró por el codo y la condujo hacia el invernadero—. Quítate el abrigo. No quiero que mi abuela crea que ibas a escaparte. ¡Aquí está, abuela! —dijo con aire triunfal—. Creía que no se había levantado, pero había salido a pasear.

Antes de que Juliet pudiera hablar, Hitchins se lanzó hacia ellos. Estaba dormido, pero las voces que había dado Cary lo habían despertado. Fue directamente a morderle el pantalón, y Juliet observó la rabia que sentía de no poder hacer nada. Con una sonrisa a modo de saludo a lady Elinor, se agachó y separó al animal de su presa. Era evidente que no tenía nada en contra de ella, porque cuando lo tomó en brazos, le lamió la cara.

—Así no vas a convencerme —le dijo, a pesar de que la conmovió el afecto del animal—. Eso ha estado muy mal. No puedes ir por ahí mordiendo a la gente. Es de mala educación.

—Le gustas, Juliet —dijo la anciana que había estado observándolos con interés—. Y suele juzgar bien a las personas.

Eso era algo que a Cary le resultaba difícil de aceptar. La sonrisa de suficiencia que había mantenido mientras Juliet sostenía el perro dio paso a una expresión de petulancia. Pero no dijo nada. Se limitó a meterse las manos en los bolsillos y a fingir que no había entendido lo que su abuela había dicho.

—Tuve un golden retriever... cuando era muy joven —dijo ella.

—Siéntate, Juliet —le dijo la anciana indicándole un sillón de mimbre junto al suyo—. Creo que puedes dejar a Hitchins en el suelo. Si Cary deja de decir tonterías, el perro no le hará caso.

—No digo tonterías, abuela —se defendió Cary—. ¿Le pido a Josie otra taza para Juliet? Luego podéis charlar un rato.

Juliet le lanzó una mirada horrorizada. Pero decir algo sería de mala educación, y él lo sabía.

—Sí, haz algo útil —asintió la anciana—. Y trae más café cuando vuelvas. Será un alivio para las pobres piernas de Josie.

—No soy un criado —parecía que Cary, por primera vez, iba a hacerse valer, pero su abuela lo puso en su sitio.

—Josie tampoco —respondió—. Vete y no tardes.

Ante el asombro de Juliet, Cary no discutió. Inclinó la cabeza y salió dócilmente. Juliet estaba atónita de que se dejase atropellar de aquella manera por la anciana. ¿Estaba dispuesto a aceptar cualquier humillación con tal de heredar? Eso parecía.

—¿Te ha gustado el paseo? —le preguntó lady Elinor en cuanto Cary se fue.

–Mucho.

–¿Adónde has ido? ¿Por la orilla del río? ¿No te advirtió Josie que hay mucho barro?

–Lo hizo el señor Marchese.

–¿Rafe? –la anciana frunció el ceño–. ¿Estaba Rafe aquí?

–Sí –Juliet se puso colorada–. Creo que vino a traer algunas cosas para la señora Morgan. Me levanté temprano y estaba en la cocina cuando llegó.

–¡Ah! –lady Elinor pareció reflexionar–. ¿Qué opinas de Rafe?

Pues... –Juliet estaba desconcertada. Ni siquiera quería pensar en el primo de Cary–. Parece muy agradable. ¿Vive por aquí cerca?

–Querida –dijo la anciana echándose a reír–, mi nieto mayor no tiene nada de agradable. Es exasperante, provocador, incluso fascinante, pero no agradable. Esa palabra es muy remilgada.

–No se parece a Cary, ¿verdad?

–¡No, gracias a Dios! –la anciana agarró su taza y tomó un trago de café antes de continuar–. Supongo que Rafe no te ha dicho dónde vive.

–No. No hablamos mucho –respondió Juliet a modo de explicación.

–Vive en Polgellin Bay, encima de su estudio, pero trabaja en una escuela de Bodmin, como creo que te dije.

Juliet asintió y trató de mantener la conversación.

–¿Tiene usted alguno de sus cuadros?

Se produjo un breve silencio, durante el cual Juliet se preguntó si había dicho algo que no debía.

–Rafe cree que su trabajo no me interesa –replicó la anciana de manera indirecta–. Pero me gustaría saber tu opinión.

Juliet pensó con ironía que no sería posible. Aunque el estudio de Rafe estuviera abierto al público, sería el último sitio al que Cary la llevaría.

–¿Habéis fijado la fecha de la boda?

La pregunta pilló a Juliet tan de sorpresa después de lo que habían estado hablando que se quedó sin habla.

–¡Oh, no!... Acabamos de prometernos. No pensamos casarnos todavía.

–Eso me parecía.

Las palabras de la anciana la inquietaron y, como era consciente de que Cary no le agradecería que provocara dudas en su abuela, se apresuró a responder.

–Quizá... quizá pensemos en ello a final de año.

–No llevas anillo.

–No –Juliet tampoco tenía respuesta para eso y deseó que Cary estuviera allí para sacarla del apuro.

–Supongo que mi nieto anda escaso de fondos, como siempre –continuó la anciana–. Recuérdame que mire en el joyero. Puede que tenga un anillo perfecto para ti.

¡Por Dios! Juliet no podía mirarla a los ojos. Aquello era mucho peor de lo que se había imaginado. Se sintió mortificada al imaginarse con un anillo que lady Elinor hubiera llevado de joven. En su vida se había sentido tan despreciable, y no le supuso un alivio que Cary volviera en esos momentos. El daño estaba hecho, y no había manera de que su «prometida» rechazara el ofrecimiento de la anciana. De hecho, lo más probable era que, en cuanto volvieran a Londres, él fuera a que le tasaran el anillo. Si tenía algún valor, dudaba que lady Elinor volviera a verlo. Ésta, naturalmente, explicó a su nieto su sugerencia.

–Como mañana voy a dar una cena para celebrar vuestro compromiso, no puedo consentir que Juliet no lleve anillo de compromiso.

–¡Eres un sol, abuela! –exclamó Cary de inmediato abrazándola con entusiasmo–. ¿Qué sería de nosotros de no ser por ti?

Capítulo 6

JULIET se estaba preparando para la cena cuando Josie llamó a la puerta. Al principio, estuvo tentada de no abrir, de fingir que no había oído llamar. Le inquietaba que pudiera ser Cary. Nadie más que él sabía que su estancia allí era un favor que le hacía; bueno, le pagaba por fingir que era su prometida, pero eso era todo. Y no estaba segura de que no intentara aprovecharse de la situación, sobre todo después de lo que había ocurrido aquella tarde.

Juliet esperaba que lady Elinor se hubiera olvidado del anillo. Pero inmediatamente después de comer, ésta pidió a Josie que fuera a buscar el joyero, cuyo contenido estuvo examinando durante media hora. Juliet se había dado cuenta de que Cary se moría por saber lo que su abuela ocultaba en aquella caja con tapa de terciopelo. Pero la anciana se había asegurado de que estuviera sentado al otro extremo de la mesa mientras examinaba el contenido. Le había dicho que un hombre no debía ser curioso y que tuviera paciencia para ver los anillos que había seleccionado para que Juliet eligiera uno. Ésta no habría querido formar parte de todo aquello, pero no tenía elección.

Los anillos que la anciana había depositado sobre el mantel brillaban al sol. Eran, evidentemente, muy antiguos, pero de diseño notablemente moderno. Había un diamante, una esmeralda y un rubí. Juliet oyó cómo Cary inspiraba con avaricia al verlos. Casi adivinaba lo que pensaba, le oía calcular el valor exacto de cada uno.

—¿Cuál te gusta más, Juliet? —preguntó lady Elinor al tiempo que la invitaba a sentarse a su lado—. Como verás, son antiguos. El diamante era de mi abuela; la esmeralda fue un regalo que hizo a mi madre el agregado cultural de la embajada de Brasil; y el rubí me lo regalaron cuando me presentaron en palacio.

—Son todos muy bonitos —afirmó Juliet.

—Sí —le susurró Cary al oído, incapaz de resistirse, al tiempo que tomaba el diamante y fingía que lo admiraba cuando, en realidad, calculaba su valor—. Eres muy amable, abuela. Juliet y yo te estamos muy agradecidos, ¿verdad, Juliet?

—Mucho —ella asintió con los dientes apretados y una sonrisa forzada. Luego le arrebató el anillo y lo volvió a poner sobre el mantel—. No sé cuál elegir.

—Me parece que el diamante es el más adecuado —afirmó Cary con voz tensa—. En mi opinión, es el que más parece un anillo de compromiso.

Juliet pensó con desdén en lo que Cary tenía en mente.

—En realidad —dijo tomando el rubí—, creo que éste es el que más me gusta.

—Pero...

—Supongo que estarás de acuerdo en que, como es Juliet la que va a llevar puesto el anillo, debe ser ella la que tome la decisión —intervino su abuela con suavidad—. Tengo que reconocer que me gusta el rubí. Es una piedra birmana sin un solo defecto.

Y era pequeña, había pensado Juliet, horas después, al ir a ducharse. No se prestaría a ayudar a Cary a que robara a su abuela todo lo que pudiera.

En aquel momento, al oír que llamaban a la puerta, se preguntó si no sería Cary para echárselo en cara. Sabía que estaba enfadado cuando salieron del comedor, pero, alegando que estaba cansada, había evitado el enfrentamiento. Mientras se ponía una bata de seda pensó que casi habían pasado dos días. Un día más y volvería a casa. Pero todavía faltaba aquella noche.

Abrió la puerta dispuesta a enfrentarse a la ira de Cary. Había tenido toda la tarde para alimentar su resentimiento contra ella, y algo le decía que no era el tipo de hombre que perdona un agravio. Así que se sintió agradablemente sorprendida al ver a Josie, aunque parecía muy tensa.

–Señorita Lawrence –dijo, sin recordar que Juliet le había pedido que la llamara por su nombre de pila–, pensaba que usted y el señorito Cary habían salido.

–No, estaba en el cuarto de baño –Juliet se sintió culpable por haber hecho esperar a la mujer–. ¿Pasa algo?

–Un contratiempo.

Josie estaba claramente agitada, y a pesar de que Juliet creía que no aceptaría, la invitó a entrar y sentarse. La anciana se mostró agradecida por su consideración y se sentó en el borde de una silla al lado de la puerta, sin dejar de retorcerse las manos.

–Pasa que... pues que lady Elinor no cenará con ustedes. No se encuentra bien. He tenido que llamar al doctor Charteris.

–¿Puedo hacer algo? –Juliet estaba realmente preocupada.

–Lo dudo. Detesta estar incapacitada. Y no le agradecería que fuera a verla ahora, se lo aseguro. Se va a enfadar conmigo cuando sepa que he llamado al médico

–Pero si no está bien...

–Ya lo sé– Josie hizo una mueca–. Pero ella es así –hizo una pausa–. ¿Les importaría que les sirviera una cena fría esta noche? Como viene el médico...

–Claro que no. No se preocupe por nosotros, señora Morgan. Nos arreglaremos con un sándwich.

–No creo que el señorito Cary esté de acuerdo.

–Me aseguraré de que así sea –dijo Juliet con firmeza, sin tener en cuenta que, unos minutos antes, se sentía inquieta por tener que volverlo a ver–. ¿Quiere que
la ayude?

–No creo que lady Elinor lo apruebe –respondió Josie mirándola con sorpresa.

–No tiene por qué saberlo –Juliet sonrió tratando de
animarla–. En realidad, me gustaría hacerlo.

–No sé qué decirle, señorita Lawrence –Josie se levantó.

–Puede empezar por llamarme Juliet –le dijo con
firmeza–. ¿A qué hora llegará el médico?

Tres cuartos de hora después, Juliet estaba en la cocina rallando queso cuando Cary asomó la cabeza por
la puerta.

–¡Ah, estás aquí! –exclamó sin darse cuenta de lo
que ella estaba haciendo–. Eres la mujer más escurridi-
za que conozco. Siempre desapareces cuando... ¿Qué
demonios haces?

–¿Tú qué crees? –replicó Juliet dejando el rallador
sobre la mesa.

–Parece que el trabajo de Josie –contestó él en tono
frío–. ¿Dónde está? ¿Perdiendo el tiempo como de costumbre?

–No creo que Josie tenga tiempo que perder. ¿Tienes idea del trabajo que supone llevar una casa como
ésta? Me parece que no.

–Sigo sin entender qué haces aquí. ¿Quieres que mi
abuela piense que me voy a casar con una fregona?

–Nadie pensaría eso salvo tú, Cary. ¿Y qué tiene de
malo ser una fregona? Es un trabajo y, en mi situación,
no puedo elegir.

–¡Venga ya! No se te ocurriría ni en sueños limpiar
casas para ganarte la vida. Además, sólo era una forma
de hablar. Lo que quería decir es que a mi abuela no le
gustaría que su invitada se preparara la cena.

—Tu abuela no está bien —dijo Juliet—. ¿No te lo ha dicho Josie? Ha tenido que llamar al médico.

—Nadie me ha dicho nada.

Juliet frunció el ceño al observar que Cary llevaba puestos los pantalones grises y la chaqueta de tweed que llevaba por la tarde.

—¿Qué has estado haciendo?

—Nada especial —Cary eludió su mirada. Luego, como si tuviera algo importante que decirle, cerró la puerta y se acercó a la mesa—. De hecho —dijo bajando la voz— he estado revisando los libros.

—¿Los libros? —repitió Juliet sin entender.

—Los libros de la finca —susurró Cary, incapaz de controlar su excitación—. No vas a creer lo que he encontrado.

Juliet puso una expresión de desagrado, pero no pudo evitar preguntarle.

—¿Te ha pedido tu abuela que lo hicieras?

—¿La anciana? —se burló Cary—. De ninguna manera.

—¿Entonces no sabe que los has revisado?

—No —Cary se impacientaba—. Pero dejemos eso ahora. He visto una carta...

—Me parece que no deberías leer la correspondencia de tu abuela —dijo Juliet en tono severo—. Son cartas personales.

—¡Por Dios! Si deja que el canalla de Marchese le lleve la contabilidad...

—No lo insultes.

—¿También tú lo admiras?

—No —se había sonrojado—. Pero no lo insultes.

—Muy bien —dijo Cary en tono desdeñoso—. No hablemos de él. La anciana ha recibido una oferta para vender Tregellin. No sé si Rafe lo sabe. Un constructor de Bristol quiere comprar la casa, las granjas, todo. Quiere construir una urbanización de lujo, con pista de golf, club, etc. Probablemente ofrecerá millones.

—¿No lo dirás en serio? —Juliet lo miró consternada. No creo que a lady Elinor se le haya pasado por la cabeza vender todo esto a un constructor.

—Por supuesto que no —exclamó Cary irritado—. Por eso no me lo había dicho. Le hicieron la oferta hace meses. Supongo que la rechazó de plano.

—Gracias a Dios —la respuesta de Juliet era sincera. A pesar de haber estado allí sólo dos días, le importaba aquel lugar. Aunque la casa necesitara una remodelación y su mantenimiento fuera costoso, el marco en que se hallaba situada era incomparable. Se estremeció al pensar en una serie de inversores comprando segundas residencias en aquel terreno, contaminando el aire con sus coches y ahuyentando a los pájaros.

—¿Qué significa eso? —Cary se impacientaba—. Es una ocasión única. No voy a desaprovecharla.

—Por eso no te ha dicho nada tu abuela —respondió Juliet en tono mordaz—. Y ni siquiera has preguntado cómo está. Si por ti fuera, se podría estar muriendo.

—No tendré esa suerte —murmuró Cary en tono apenas audible—. De todas maneras, ¿qué estás haciendo? —preguntó cambiando de tema—. ¿Jugando a las criadas?

—Ayudo a Josie —replicó Juliet mientras volvía a rallar el queso—. Como tu abuela no está bien, me preguntó si nos importaría tomar una cena fría, pero pensé que yo podría hacer algo más.

—¿Estás preparando la cena? —Cary estaba horrorizado—. ¡Pero si no eres cocinera!

—No. Pero había riñones en la nevera y voy a rehogarlos con tocino. También voy a hacer patatas al horno con queso gratinado. ¿Te parece bien?

—¡Riñones! —Cary hizo una mueca—. No como vísceras.

«Te las comerías si fuera tu abuela quien te las ofreciera», pensó Juliet irritada. Pero se mordió la lengua.

—Entonces puedes tomar unos sándwiches.

—Estás de broma, ¿no? –la miró con desprecio–. ¿Y si salimos a cenar? Podríamos ir a Bodmin con unos amigos y cenar allí. Puede que hasta haya un casino. ¿Qué te parece?

—¿Y tu abuela?

—¡Por favor! –gruñó Cary–. No querrá verme. ¿Dónde está tu anillo? –frunció el ceño.

—En el bolsillo. ¿No piensas en nada más que en el dinero?

—¡Déjame en paz! –Cary se volvió hacia la puerta–. ¿Así que no vienes?

—No.

Juliet se negó a mirarlo y Cary se marchó dando un suspiro de resignación. Ella aún tenía esperanzas de que cambiara de idea y fuera a ver a su abuela, pero unos minutos después oyó arrancar el coche. ¡Maldito fuera! No solía blasfemar, pero el egoísmo de Cary la sacaba de quicio. Quería dejar de rallar y de preparar la cena. Pero, al cabo de un rato, cuando entró Josie, el olor a comida le hizo fruncir la nariz de placer.

—Señorita Juliet, no tenía que haberlo hecho.

—¿Por qué no? –le sonrió Juliet–. Me imagino que lady Elinor querrá comer algo, y me parece que los riñones se digieren bien.

—Es usted muy amable –Josie le apretó el brazo–. ¿Quién se hubiera imaginado que el señorito Cary encontraría una chica como usted?

Juliet cenó en el invernadero. No se le ocurrió hacerlo en su habitación, porque como Cary no estaba, se sentía a gusto en aquel lugar, que todavía estaba caliente debido al sol que le había dado todo el día. Mientras apartaba un trocito de riñón ligeramente quemado, descubrió, sobresaltada, a una figura alta y oscura en la puerta.

–Hola –dijo el visitante sin entrar–. Josie me ha dicho que estabas aquí.

–¿Me buscabas?

–He venido a ver a mi abuela –dijo Rafe con sequedad–. Josie me llamó para decirme que había llamado al médico.

–Ah –Juliet asintió. A pesar de las reservas que le inspiraba, estaba segura de que Rafe se preocupaba más por su abuela que Cary–. ¿Cómo está?

–Enfadada. No le gusta que el doctor Charteris le diga que se tiene que cuidar.

–Pues debería hacerlo –Juliet no sabía si levantarse o permanecer sentada–. Y si hay algo que pueda hacer para ayudar...

Rafe inclinó la cabeza. Llevaba pantalones negros y una camisa de seda blanca. Tenía las mangas subidas a la altura del codo, y la mirada de Juliet se sintió atraída por el contraste entre la tela y el color oscuro de la piel. Se preguntó si había pensado salir cuando le llamó Josie, si tenía una cita con una joven que le interesara.

–Normalmente se las arregla sola –dijo Rafe, consciente de que la razón por la que había ido a buscar a Juliet no era digna de elogio. Cuando la anciana le dijo lo que había pasado, que su invitada le había preparado la cena, sintió un deseo urgente de agradecérselo. Pero en aquel momento, mientras observaba el bonito cuadro que componía sentada a la luz de la lámpara, se preguntó si la gratitud era el motivo principal que le había impulsado.

–¿Quieres decir que el hecho de que estemos aquí es demasiado para ella? –Juliet había entendido que Cary y ella eran la razón de que lady Elinor se hubiera puesto enferma.

–No –Rafe negó con la cabeza–. Pasó una mala gripe en febrero. Charteris le aconsejó que se tomara las cosas con tranquilidad durante un tiempo, pero ya te habrás dado cuenta de que mi abuela sólo se guía por sus propias reglas.

—¿Estás preocupado por ella?

—No más de lo habitual –respondió Rafe en tono seco–. A propósito, me ha pedido que te dijera que los riñones estaban exquisitos.

—Seguro que no ha dicho eso –Juliet se sonrojó levemente.

—Sí lo ha dicho –Rafe vaciló un instante antes de entrar. Sabía que estaba tentando al diablo al estar allí, pero Josie le había dicho que Cary no estaba, y disfrutaba acosando a su prometida–. ¿Dónde está el chico maravilloso? –le preguntó en tono despreocupado mientras se detenía al lado de su silla.

—Ha ido a Bodmin a ver a unos amigos. No es asunto tuyo.

Rafe se sentó frente a ella, y a Juliet le pareció de inmediato que la habitación era demasiado pequeña. O tal vez fuera que él estaba demasiado cerca.

—¿Cómo es que no has ido con él? –le preguntó mientras extendía las piernas y dejaba las manos colgando entre las rodillas–. ¿O es que no te lo ha pedido?

—¡Claro que me lo ha pedido! –Juliet se puso a la defensiva, a pesar de que decía la verdad–. No me apetecía salir.

Rafe no respondió y se limitó a mirarla, como si esperara que fuera a añadir algo más. Poseía la desconcertante capacidad de crear tensión entre ambos cuando ella carecía de razones para sentirse inquieta en su presencia. Ella había creído que aquella mañana había comenzado a aceptarla, pero en aquel momento lo veía con una actitud totalmente distinta. Y al pensar en aquella mañana, por fin halló algo que decir.

—Me ha gustado mucho el paseo... el de esta mañana. Y tenías razón en cuanto al barro. Sin las botas de la señora Morgan, me habría calado hasta los huesos.

Rafe entrecerró los ojos y observó su expresión repentinamente animada. Sabía que la ponía nerviosa. Se dio cuenta nada más conocerse, pero no era capaz de adivinar si se trataba de atracción sexual o de otra cosa. Había algo seguro: no se comportaba como una mujer divorciada. Parecía demasiado inocente, aunque podía equivocarse y que se tratara de una pose para despertar su simpatía. A pesar de sus reservas, estaba tentado de averiguarlo.

—¿Cuánto tiempo llevas comprometida con Cary? —le preguntó.

Durante unos instantes, Juliet pareció un conejo cegado por las luces de un coche.

—Unas semanas —dijo vagamente—. Nos conocemos desde que éramos niños.

—Ya lo sé. Me lo ha dicho mi abuela.

—Lady Elinor te cuenta muchas cosas —lo dijo sin pensar.

—¿Te molesta? —le preguntó con sonrisa irónica.

—Claro que no —Juliet tragó saliva—. Es evidente que estáis muy unidos.

—Dudo que la anciana esté unida a nadie, salvo a Josie quizá. No crees que lo esté a Cary, ¿verdad?

—Es su nieto —Juliet se había vuelto a poner a la defensiva.

—También es un egoísta que le hace la pelota. Hasta tú debes de saberlo.

—No tienes derecho a decirme cosas así —se levantó de un salto.

—¿Ah, no?

Rafe también se levantó, para consternación de Juliet. Aunque era alta, tenía que levantar la cabeza para mirarlo.

—No me dirás que, con tu experiencia, no reconoces sus defectos. Creía que eran parte de su encanto.

—¡Me estás insultando!

Rafe sabía que se había excedido, pero no podía controlar aquel deseo totalmente negativo de provocarla.

–¿Por qué te insulto? ¿Por suponer que, como ya has estado casada, debes tener cierta experiencia con los hombres? ¿O por dudar de los encantos de Cary?

–Sabes perfectamente lo que has dicho –contraatacó ella–. ¿Es eso lo que le dices a lady Elinor? ¿Que Cary es un egoísta que...? ¿Qué es lo que has dicho?

–¡Que le hace la pelota! Y es lo que hace –contestó Rafe con voz dura–. Y si crees que necesito decírselo a mi abuela, es que no la conoces en absoluto.

–No la conozco –Juliet sabía que sus palabras habían sido tan imperdonables como las suyas, pero ya no se podía echar atrás–. Ni a ella ni a ti –añadió–. Y ahora perdona, pero tengo que llevar la bandeja a la cocina.

–¿Y si no te perdono? –Rafe se puso frente a la mesa done ella había dejado las sobras de la cena–. No hemos terminado de hablar.

–Yo sí –afirmó Juliet al tiempo que se daba cuenta de que la cólera la abandonaba. Alzó la cabeza sin mirarlo a los ojos–. ¿Por qué me haces esto? Ni siquiera te caigo bien.

–Yo no he dicho eso –casi gritó Rafe.

–No hace falta que lo digas –Juliet decidió dejar la bandeja para más tarde, pero creyó que no podía marcharse de malas maneras–. Si te he ofendido, lo siento. Parece que nuestra relación no ha empezado con buen pie.

Rafe quería gemir de rabia. ¡Era tan correcta y tan formal! Era él quien debería retirar lo que había dicho. Ella era increíblemente inexperta para su edad. ¿Con qué hombre se había casado? ¿Qué clase de matrimonio había sido? Posteriormente se dijo que no había pretendido tocarla; provocarla, sí, hacer que abandonara esa forma remilgada de hablarle y que se comportara como cualquier otra mujer de las que conocía. Pero era la prometida de Cary y, bajo la fachada dura que mostraba al mundo, él tenía sentido del honor. Además, nunca había seducido a una mujer que fuera de otro hombre, y no tenía intención de hacerlo. Sin embargo, la detuvo cuando se dirigía a la puerta y la atrajo hacia sí agarrándola por la muñeca. Y entonces, cuando ella lo miró con ojos sobresaltados e indignados, le puso la otra mano en la nuca y acercó su boca a la de él.

Capítulo 7

JULIET se acurrucó entre las sábanas sabiendo que había cometido una estupidez. Por mucho que tratara de justificar lo que había pasado, el hecho era que, supuestamente, estaba comprometida con Cary y había consentido que Rafe Marchese la besara. ¿Era eso lo único que él había hecho? ¿Besarla? ¿Era una descripción adecuada del deseo con que había poseído su boca? Se sentía como si la hubiera saqueado. ¿Cómo, si no, explicar la presión de la lengua de él contra sus dientes, la lamentable defensa que ella había erigido antes de dejarle hacer lo que quería?

Bueno, para ser sinceros, no había hecho lo que quería. La había besado, de acuerdo. Le había introducido la lengua hasta la garganta. Incluso le había metido una pierna entre las suyas para acercarla aún más hacia sí. Pero no la había tocado en sus partes íntimas, a pesar de que aún, entre las sábanas, seguía húmeda y palpitante a causa de la excitación. ¿Cómo podía haber ocurrido aquello?, se preguntó por enésima vez. Cuando se preparaba para salir con dignidad, él la había agarrado y tomado entre sus brazos. ¿Por qué no lo había detenido? ¿Por qué no le había dado una bofetada o dicho algo que borrara la expresión depredadora de su cara? ¿Por qué se había comportado como si fuera él quien llevara todas las de ganar? Porque todo su cuerpo se había puesto a temblar cuando la abrazó. La había aproximado tanto hacia sí que había sentido los duros músculos de sus muslos contra los suyos. Sus senos se habían aplastado contra su pecho y, cuando él le había puesto la mano en las nalgas, había sentido una humedad desconocida en las bragas.

Al tocarse los pechos en aquel momento, en la cama, los sintió aún calientes y pesados. «Como su erección», pensó mientras temblaba de modo convulsivo. La había sentido grande y poderosa contra el estómago, con una insistencia que nunca antes había experimentado. David le había hecho el amor, pero ella nunca había respondido con semejante deseo. Y había querido que Rafe le mostrara con toda exactitud lo satisfactorio que sería hacer el amor con él, lo que era imperdonable desde cualquier punto de vista. ¿Qué le pasaba, por Dios? ¿Qué había sido de la persona fría y controlada que siempre había creído ser? ¡Si ni siquiera había montado una escena a David cuando le dijo que la dejaba! ¿Lo había hecho porque creía que se merecía que la abandonara o porque le daba igual?

¿Y por qué se le ocurría en aquel momento tener una crisis de identidad? Justo cuando se suponía que debía comportarse con el estilo y la seguridad que la habían hecho famosa. ¿Qué tenía Rafe Marchese que la llevaba a actuar de forma totalmente desconocida para sí misma? Sabía con certeza que si hubiera sido Rafe quien le hubiera pedido que fingiera ser su prometida, estaría metida en un buen lío, mayor que en el que ya estaba metida. Había bastado que la besara una sola vez para derrumbarse.

Al volver la vista atrás, desde la seguridad de su cama, Juliet se preguntó qué habría ocurrido si Josie los hubiera interrumpido. Afortunadamente, habían oído sus pasos cuando cruzaba el vestíbulo, y cuando apareció por la puerta, Rafe se había situado al otro lado del invernadero. Pero estaba segura de que se alegró de que la oscuridad del lugar contribuyera a ocultar su frustración. Ella estaba colorada y sin aliento, y no había sabido si sentirse aliviada o decepcionada.

El sábado por la mañana, Cary propuso ir a Polgellin Bay. Juliet no sabía a qué hora habría vuelto la noche anterior, aunque le daba igual, pero le parecía que debería estar con su abuela en vez de volver a salir.

—Pero si está bien —dijo él cuando se lo planteó—. La he ido a ver antes y me ha dicho que se sentía mucho mejor.

Juliet no estaba segura de que fuera verdad, pero le seguía remordiendo la conciencia y no se sentía con derecho a criticar a Cary cuando su propio comportamiento distaba mucho de haber sido perfecto. Sospechaba que la información procedía de Josie. Cuando había estado viendo a lady Elinor, no había dicho nada sobre su nieto.

La anciana había encargado a Josie que le dijera que quería hablar con ella después de desayunar. Se encontraba desayunando en el comedor cuando se lo dijo, y Cary no había bajado todavía. Previamente se había ofrecido a hacerlo en la cocina, con el ama de llaves, pero ésta se mantuvo inflexible.

—No queremos que se vaya con la idea de que quienes vienen a Tregellin tienen que apañárselas solos. Siéntese y le traeré café y tostadas – al volver le transmitió el recado de lady Elinor—. Va a levantarse un poco más tarde, pero le preocupa que usted crea que tiene que quedarse aquí hasta que aparezca. Se encuentra mucho mejor y está deseando que llegue la cena de esta noche. La acompañaré a su habitación.

Lady Elinor estaba en una cama tan grande o más que la de Juliet. La habitación era enorme, con muebles que sólo se veían en las subastas de antigüedades. Todo el oro del mundo no bastaría para pagar la vista desde las ventanas. Si ella fuera lady Elinor, haría lo imposible por conservar el lugar. No era simplemente una casa, sino una herencia familiar.

Después de responder con impaciencia las preguntas de Juliet sobre su salud, la anciana fue directa al grano.

—Anoche viste a Rafe.

—Sí —Juliet esperaba que su expresión no la traicionara—. Creo que usted también.

—Claro, vino a verme. Se preocupa por mí —afirmó con complacencia—. O eso dice.

—Todos estábamos preocupados anoche. Rafe me dijo que había tenido usted la gripe y que tal vez se estaba excediendo en sus actividades.

—Rafe debería guardarse sus opiniones. ¿Quién llamó al médico? ¿Él?

—No, creo que fue Josie. Siempre es mejor la opinión de un profesional.

—¿Le dijiste a Rafe que te había regalado el anillo? —preguntó la anciana cambiando completamente de tema.

—No.

—¿Por qué no? Me sorprende que no te lo preguntara.

—Es que no lo llevaba puesto —hizo una pausa, pero le pareció que debía añadir algo más—. Me lo había metido en el bolsillo mientras ayudaba a la señora Morgan a preparar la cena, y lo recordé después.

Después de salir corriendo del invernadero, para ser exactos. Recordó con inquietud cómo había subido las escaleras a toda velocidad mientras se reprochaba lo que acababa de suceder y se sentía como una prostituta. Entonces había sacado el anillo y se lo había vuelto a poner como si fuera un talismán que pudiera borrar los errores que había cometido, cosa que no había sucedido. Pero su brillo la había tranquilizado y recordado que, pasara lo que pasara, ella no era ni lo que Rafe ni lo que lady Elinor creían.

–Ya veo. Pero lo llevas puesto esta mañana

–Sí –no pudo evitar acariciar la piedra con un dedo–. ¡Es tan hermoso! Como es natural, se lo devolveré antes de marcharme.

–Por supuesto que no –lady Elinor le lanzó una mirada de desaprobación–. El anillo es tuyo.

–Pero... Cuando Cary me compre uno, no lo necesitaré.

–¿No te gusta?

–Claro que me gusta.

–Entonces no se hable más. Me agrada pensar que la esposa de mi nieto llevará el anillo y que, a su debido tiempo, se lo dará a su nieta. Bueno, no quiero que os paséis todo el día preocupados por mí. Salid a divertiros.

Y Juliet tuvo que dejarlo así, pero no le gustaba aquella situación, por lo que decidió que, cuando su «compromiso» con Cary hubiera concluido, devolvería el anillo a lady Elinor con su gratitud.

Consciente de que Cary seguía esperando que respondiera a su invitación, Juliet accedió. Si estaban fuera durante unas horas, la anciana podría descansar más. Asimismo quería conocer la zona. Después de decir a Josie lo que iban a hacer, salieron a las diez. Aunque había llovido, la luz del sol comenzaba a brillar entre las nubes. La carretera tenía muchas curvas y a veces dejaba ver el mar.

Pogellin Bay era mayor de lo que Juliet se había imaginado. Siguieron el camino de la costa y pasaron por delante de hermosas villas con palmeras y una exuberante vegetación que indicaba la suavidad del clima. Una calle estrecha conducía al puerto, donde había barcos de pesca y yates. Cary aparcó allí. Dijo a Juliet que en aquella época del año no estaba tan concurrido como en verano, por lo que se podía pasear sin dificultad. En plena estación, la muchedumbre lo convertía en una pesadilla. Juliet dudaba que un sitio tan bonito pudiera considerarse una pesadilla en cualquier estación del año. El sol había salido y hacía calor. Le pareció que estaba de vacaciones y pensó que tal vez pudiera olvidar durante una horas la falsedad de su papel.

Cary le propuso tomar algo en una terraza antes de ir a ver la ciudad. Juliet accedió deseosa de sentarse y disfrutar de la actividad que la rodeaba. Acababa de entrar un barco de pesca, y vio cómo descargaban langostas y cangrejos. Después subieron la calle por la que habían descendido en el coche. Había muchas tiendas, cafés y varias galerías de arte.

—Aquí es donde tu primo tiene el estudio, ¿verdad? —preguntó Juliet de repente.

—Sí. Bueno, no exactamente. Está en una de las calles perpendiculares. No puede permitirse pagar el alquiler en ésta con los pintarrajos que hace.

—Supongo que no te interesa el arte.

—El arte, sí. No lo que él hace —se mofó Cary—. Ven, te lo voy a enseñar. Estoy segura de que Rafe no te echará.

Rafe era la última persona a la que Juliet quería ver esa mañana. Estaba segura de que creería que había sido ella la que había planeado la excursión, que estaba impaciente por verlo, lo cual no era verdad, se dijo, mientras Cary la tomaba del brazo y la llevaba por otra calle empinada paralela al puerto. De hecho había esperado no volverlo a ver antes de marcharse.

—En serio, me parece que no es una buena idea —protestó liberándose de la mano de Cary—. Puede que el estudio esté cerrado.

—Quizá. Pero haré que lo abra. Vive encima, y no es probable que dé clase los sábados.

La puerta del estudio estaba cerrada. No parecía haber nadie, y Juliet estaba a punto de decir que se fueran cuando una mujer bajó de un elegante Mercedes al otro lado de la calle y se dirigió hacia ellos.

–¿Buscáis a Rafe? –preguntó con una seguridad que sólo podía proceder del hecho de conocerlo bien–. Tú eres su primo, ¿verdad? Recuerdo haberte visto en Tregellin cuando vivías allí.

Juliet se percató de inmediato de que a Cary no le gustaba que lo relacionaran con Rafe ni que lo trataran con aquella familiaridad. Aunque a juzgar por el escote y la minifalda de la mujer, estaba segura de que era del tipo que éste prefería.

–Sí, soy Cary Daniels –dijo, por fin, al darse cuenta de que no podía hacer caso omiso de ella. Al menos no en presencia de Juliet–. ¿Y tú eres...?

–Liv, Liv Holderness. Bueno, Liv Melrose. ¿No te acuerdas? Solías ir con frecuencia al hotel de mi padre.

–¡Dios mío! –Cary parecía atónito–. ¿Lady Holderness?

–La misma que viste y calza. Bobby y yo vamos a cenar esta noche con tu abuela. ¿No te lo ha dicho?

–Quizá – a Cary le estaba resultando difícil enfrentarse a la nueva situación–. ¿Vienes a ver a Rafe?

–Eso tendrás que averiguarlo –replicó en tono juguetón y miró a Juliet con interés–. ¿Quién es?

–Juliet Lawrence, mi prometida –contestó Cary con rapidez.

–¿Tu prometida? –repitió Liv con los ojos muy abiertos y una débil sonrisa–. Seguro que a tu abuela le gusta.

–Así es –Juliet contestó por sí misma. Luego se volvió hacia Cary–. Tenemos que irnos.

–¿Habéis visto a Rafe?

Cary le dijo que no, que parecía que el estudio estaba cerrado.

–No debe de estarlo, pero es que a Rafe no le gustan los espectadores cuando trabaja. Probablemente estará arriba. ¿Habéis llamado al timbre?

—No —Cary dirigió a Juliet una mirada de impotencia y observó que Liv pulsaba el timbre de una puerta que no parecía tener relación con el estudio—. Pensé que no estaría —mintió.

—Seguro que está —afirmó Liv Holderness—. Me espera.

Juliet sintió la boca seca y miró hacia el puerto. No quería estar allí, sobre todo en aquellos momentos, cuando había descubierto que Rafe tenía algún tipo de relación con aquella mujer. ¿Qué iba a pensar él? ¿Que lo espiaban?

Pero era demasiado tarde. Se abrió la puerta y apareció Rafe en pantalones cortos y camiseta. También llevaba playeras, y a juzgar por el sudor que le manchaba la parte delantera de la camiseta sin mangas y que le marcaba todos los músculos, había estado corriendo o haciendo otra clase de ejercicio. Y Juliet, que siempre había creído que no le gustaban los hombres en pantalón corto, se dio cuenta de que su opinión se debía a la falta de experiencia.

—¡Cariño! —Liv Holderness arrugó la nariz—. ¿Qué hacías?

La expresión de Rafe reflejaba su enfado. ¿Qué hacía Cary allí? ¿Y Juliet? Había supuesto que se mantendría alejada de él.

—Llegas pronto —fue lo único que dijo, sin prestar atención a la cara desdeñosa de su primo—. Iba a ducharme.

—No sabía que salpicar pintura con un pincel pudiera hacerte sudar —afirmó Cary después de lanzar a Juliet una mirada sardónica.

Ésta creyó morir de vergüenza, pero Rafe se limitó a mirarlo con ironía.

—¿Cómo ibas a saberlo, Cary? Dudo que hayas sudado en tu vida. Bueno, salvo cuando te perseguían las autoridades sudafricanas. Seguro que entonces no te dabas esos aires de suficiencia.

–Eres un...

Juliet no sabía lo que Cary habría hecho si Liv Holderness no se hubiera interpuesto entre ambos. Pero estaba segura de que su «prometido» habría sido derrotado. Ver a los dos hombres juntos resaltaba aún más sus diferencias: eran como un terrier y un tigre. El resultado estaba cantado.

–¿Subimos? –preguntó Liv.

Juliet puso la mano en el brazo de Cary para que buscara una excusa que les permitiera marcharse, pero éste no respondió a su silencioso ruego.

–Sí, ¿qué te parece, Rafe? –y luego se dirigió a Juliet en voz baja–. Quiero ver dónde vive. Seguro que es un estercolero.

Rafe quería negarse. Aparte de que no deseaba pasar más tiempo con Cary del necesario, no quería que Juliet invadiera su espacio. Ya había invadido sus pensamientos más de lo razonable, teniendo en cuenta las circunstancias. Era la novia del idiota de su primo, por lo que no tenía derecho a recordar la suavidad y receptividad de su boca al besarla. Pero Liv no era tonta y no tardaría en sospechar si no se comportaba como cabría esperar.

–Sí, subid. Liv podría hacer café.

Juliet dirigió a Cary una mirada feroz, pero éste la empujó hacia delante.

–Date prisa, nena –le dijo–. ¿No querías ver dónde vivía el gran pintor?

Juliet, maldiciéndose por haber provocado aquella situación, siguió a Liv Holderness que, por llevar zapatos de tacón, se tambaleaba al subir los gastados escalones. Juliet pensó que Cary no le quitaba ojo a su falda, que se movía provocativamente sobre sus muslos.

El piso era muy espacioso. O al menos lo era el comedor. Comparado con Tregellin, era muy moderno y elegante, mucho más de lo que Cary hubiera esperado, pensó Juliet, consciente de cómo éste valoraba con la mirada el buen gusto de la decoración y probablemente calculaba su precio. Apartó la vista y se encontró con los ojos oscuros del anfitrión. Se puso tensa casi instintivamente y se preguntó si Rafe trataría de desquitarse hablando de su encuentro la noche anterior. Pero él se limitó a excusarse, y se dirigió hacia una puerta que, evidentemente, conducía al cuarto de baño.

Capítulo 8

O A su dormitorio, pensó Juliet. Pero cuando Rafe se dio la vuelta no pudo evitar observarlo y dirigir la mirada a sus prietas nalgas y a sus fuertes piernas. Tragó saliva y se dio cuenta de que su interés no había pasado desapercibido, pues Cary la miraba burlón. ¿Cómo había llegado a aquella situación? Si Cary creía que se sentía atraída por Rafe, sólo Dios sabía de lo que sería capaz.

Mientras tanto, Liv Holderness se había dirigido a la pequeña cocina. Era evidente que la conocía, ya que encontró la cafetera y el café sin mucho esfuerzo. Juliet trató de que sus sentimientos por Rafe no influyeran en su opinión sobre ella, pero la imagen de ambos juntos en la cama no dejaba de asaltarla.

—¿Hace mucho que conoces a Cary? —le preguntó Liv.

Juliet se dio cuenta de que ésta trataba de definir su relación. Sabía que Liv no la consideraba una competidora. ¿Por qué iba a hacerlo? Pero quería saber a qué se enfrentaba.

—Desde niños —respondió Cary de inmediato—. ¿Qué hay entre Rafe y tú? ¿O es una pregunta capciosa?

—Creo que eso es asunto nuestro, ¿no te parece? —Liv sonrió y luego se dirigió a Juliet—. ¿Qué haces cuando no estás con lady Elinor?

Juliet tragó saliva y deseó que Cary volviera a responder. Para no tener que hacerlo ella, señaló un grupo de cuatro acuarelas que colgaban de la pared que había al lado de la mesa del comedor.

—¿Es ése el trabajo del señor Marchese, lady Holderness?

—¡Por Dios! ¡Llámala Liv! —exclamó Cary con brusquedad.

—Rafe no exhibe sus cuadros aquí —dijo Liv—. No, son de Susie Rivers. Es su protegida, por así decirlo.

—Tiene muchas —señaló Cary con malicia. Pasó el brazo por los hombros de Juliet sin hacer caso de su resistencia—. Vamos a sentarnos, cariño. Estoy seguro de que a Rafe le encantará enseñarte su trabajo cuando se haya duchado.

Cuando éste volvió al comedor, los tres tomaban café. Todavía tenía gotas de agua en el pelo, y la camisa azul oscuro y los vaqueros acentuaban los músculos de su cuerpo. Iba descalzo, y en aquellos primeros segundos, Juliet tuvo la sensación de saber todo sobre él, al menos sobre su aspecto, se corrigió, al tiempo que se preguntaba qué había en él que la alteraba tanto.

—Voy a por una taza para ti —dijo Liv.

—Ya lo hago yo —Rafe le hizo un gesto con la mano para que siguiera sentada. Después de servirse café, continuó hablando—. Me alegro de que os hayáis puesto cómodos.

—No te alegras —replicó Liv en tono sardónico—. Sé que prefieres estar solo cuando trabajas.

—No esperarás que creamos que ha estado trabajando —le espetó Cary—. No somos idiotas.

Rafe se sintió tentado de hacer un comentario hiriente, pero Juliet tendría una impresión equivocada si lo hacía. El hecho de haber tenido una especie de crisis la noche anterior no implicaba que quisiera repetir la experiencia.

—He estado corriendo. Siento que mi aspecto pueda

haberos ofendido, Cary, pero algunos movemos el trasero de vez en cuando.

—Es un cambio con respecto a lo que haces normalmente: arrastrarte —respondió Cary con desdén.

—¿Quieres callarte, Cary? — Liv había llegado a la
conclusión, al igual que Juliet, de que Cary trataba de
provocar una pelea, pero, a diferencia de ésta, no tenía
miedo de hablar. Se volvió hacia Rafe con una sonrisa
cálida—. Juliet quiere ver tu trabajo, cariño. ¿Quieres
que la acompañe al estudio? Así te acabarás el café en
paz.

—Si Juliet quiere ver el estudio, se lo enseñaré —dijo
Rafe en tono tajante mirándola directamente—. ¿Quieres verlo? Decídete, porque tengo que trabajar.

Aunque Juliet se había dicho que lo último que deseaba era estar a solas con él, ¿qué mal podía haber en
ver su estudio y su obra?

—Sí, quiero verlo—dijo sin hacer caso de la expresión
ultrajada de Cary—. Gracias.

—Iré con vosotros —dijo Liv inmediatamente.

Rafe suspiró, ya que sabía que, si Liv los acompa-
ñaba, Cary también lo haría.

—No cabemos todos —lanzó a Liv una mirada de ad-
vertencia—. No quiero que nadie vea en lo que estoy
trabajando.

Liv captó el mensaje. Dejar que Cary viera los bocetos que Rafe había hecho para su retrato no era muy
aconsejable, ya que sería muy propio de él dejarlo caer
aquella noche en la cena y luego fingir asombro ante la
cara de sorpresa del marido.

—De acuerdo. Cary y yo tomaremos otra taza de
café y hablaremos de los viejos tiempos. Serán sólo
cinco minutos —le dijo con zalamería ante sus protestas.

Rafe mostró a Juliet el camino hasta el estudio. Una
vez allí, encendió dos focos que iluminaron un espacio
mucho mayor de lo que le había dicho a Cary. Juliet no

se lo reprochó. Se concentró en averiguar por qué se hallaba allí. Estaban solos, pero no había sido idea de él, ya que estaba segura de que tampoco quería que ella viera en lo que estaba trabajando.

—Es admirable –dijo mirando a su alrededor. Y era mucho más profesional de lo que lady Elinor había dado a entender. Había una mesa llena de bocetos y decenas de lienzos contra la pared. Había espátulas y pinceles, y botes de pintura de todos los colores esparcidos por el suelo.

—Es adecuado –replicó él sin afectación–. Pero en realidad no querías ver mi trabajo, ¿verdad?

—Sí –respondió ella sin pensarlo–. En serio que sí. Es muy interesante.

—Si tú lo dices...

—¿Por qué te sorprende que quisiera verlo? Si estás pensando en lo que pasó anoche, olvídalo. Yo ya lo he hecho

—Bueno es saberlo.

—¿Quieres que hablemos de ello? –preguntó ella–. ¿Es eso lo que quieres decir?

—Oye, has sido tú quien ha sacado el tema –observó Rafe en tono indignado.

—Ya lo sé. Bueno, no debería haber sucedido. Lo sabes tan bien como yo. ¿Me enseñas algo? –preguntó en un intento de cambiar de tema.

—¿Siempre saltas de una cosa a otra así? Aun trato de convencerme de que esta visita no ha sido idea tuya para estar a solas conmigo.

—Estoy comprometida con Cary. Puede que no te importe, pero a mí sí.

—¿Ah, sí? No me dio esa impresión anoche.

—Me pillaste desprevenida, eso es todo. No me lo esperaba.

—Aunque no te lo creas, yo tampoco. ¿Te ha dicho Cary dónde estuvo? ¿Fue e ver a esos «amigos» que me dijiste?

–No se lo he preguntado –Juliet apretó los labios.

–¿No? ¿Es que no te interesa saberlo?

–No es asunto tuyo –respondió ella sonrojándose.

–¿Quieres decir que tenéis una relación abierta? Es una relación en la que...

–Sé lo que es –lo interrumpió con fiereza–. ¿Hablamos de otra cosa? –se cruzó de brazos.

–De lo que quieras –pero no pudo evitar preguntarse por la relación de ella con su primo. ¿Le estaba siguiendo la corriente hasta que encontrara a otro mejor? Era probable, pero no le gustaba la idea. Y se despreciaba por desear algo que no podía ni debía tener. Obligándose a no pensar en la forma en que los brazos cruzados de Juliet resaltaban sus pequeños senos, se dirigió hacia unos lienzos. Dio la vuelta a uno en el que se veía a un viejo pescador en el puerto inclinado sobre las redes.

–¿Es tuyo? –preguntó Juliet ahogando un grito de admiración–. Es real como la vida misma. ¿Existe ese hombre?

–Ya no –Rafe se acercó a ella mientras se decía que era para tener mejor perspectiva y aspiró su aroma–. Se llamaba John Tregaron. Su familia lleva cientos de años viviendo aquí.

–¡Es increíble!

–¿El qué? ¿Que su familia lleve tanto tiempo viviendo aquí?

–No –Juliet lo miró impaciente–. Sabes a lo que me refiero. Ya han debido de elogiarte antes por tu trabajo. Mi padre admiraba a algunos pintores. Lo poco que sé de arte lo aprendí de él.

–También yo tengo pintores preferidos –reconoció él, concentrándose en el cuadro para evitar mirarla–. Cuando era más joven, iba a todas las exposiciones que podía. Los primeros que me gustaron fueron Turner y Thomas Girtin, uno de sus contemporáneos. ¿Lo conoces? Por desgracia, murió con poco más de veinte años. Se cuenta que Turner dijo que, si Girtin hubiera vivido, él se habría muerto de hambre.

—¿Crees que tenía razón?

—No, Turner era único. Pero se formaron juntos, y sus primeros trabajos se parecían.

Juliet volvió a cometer el error de mirarlo, y no pudo apartar la vista. Sus ojos la hipnotizaban. Se frotó los codos con las palmas de las manos para disimular la carne de gallina que se le había puesto.

Fue Rafe quien dejó de mirarla. A pesar del propósito que se había hecho de no proseguir con aquel capricho insano, un hambre insistente le corroía las entrañas. Se dijo que se debía a que no había comido nada antes de correr, pero sus sentidos le indicaban que no era comida lo que le pedía el cuerpo.

—¿Tienes algo más que mostrarme? —preguntó Juliet nerviosa.

Rafe hizo caso omiso de la sexualidad inocente de la pregunta y le enseñó un retrato de lady Elinor. Era un esbozo, y lo había hecho sin que ella lo supiera. La anciana no quería posar para él, ya que eso equivaldría a darle su aprobación.

—No sabía que lady Elinor hubiera estado aquí —dijo Juliet mientras lo contemplaba extasiada.

—No ha estado. Lo he hecho de memoria.

—Pues es muy bueno.

—Me alegro de que te guste.

Entonces ella sonrió, y la sonrisa confirió a su rostro una peligrosa belleza, peligrosa por la tentación que suponía sin ella saberlo.

—Que me guste tu trabajo no significa que me gustes tú —afirmó ella con ligereza.

—Me siento muy dolido —Rafe hizo una pausa—. ¿Le parecía bien tu marido a tu padre?

—¿A mi padre? —preguntó ella desconcertada—. No

conoció a David. Murió después de que yo acabara la escuela secundaria.

–Lo siento.

–Yo también, porque, si hubiera vivido, no me habría dejado cometer tantos errores.

–¿Tu matrimonio no funcionó?

–No. Mi padre no le habría confiado a David todo su dinero.

–¿Fue eso lo que hiciste?

–Si –respondió Juliet sonrojándose, pues era una pregunta muy personal, pero había llegado a un punto en que no se podía echar atrás–. Sé que fui una estúpida. Seguro que no serías capaz de despreciarme tanto como lo hago yo.

–¿Por qué iba a despreciarte? –preguntó Rafe con vehemencia–. Parece que David era un auténtico canalla, aunque supongo que encantador. ¿Por eso te casaste con él?

–Ahora no estoy segura. Mi padre acababa de morir y no tengo hermanos –se interrumpió–. Pero no creo que te interese todo esto. Cometí un error. Bueno, muchos. Lo superaré.

–¿Y crees que Cary va a ayudarte? –se había girado un poco hacia ella.

Juliet cerró los ojos durante unos instantes. Se había llegado a olvidar de por qué estaba allí. Menos mal que no se había traicionado. Pero no le resultaba fácil mentir, sobre todo a Rafe, lo cual era otro error.

–Eso espero –dijo tratando de que su tono fuera ligero–. No tengo dinero, así que estoy segura de que no se casa conmigo por eso.

–Entonces, ¿por qué? –preguntó Rafe, incapaz de controlarse.

–Supongo que porque me quiere –contestó ella deseando parecer más convincente–. ¿Por qué no se lo preguntas?

—No necesito hacerlo —su tono volvía a ser sarcástico—. ¿Cuándo aprenderás, Juliet?

—No sabes lo que dices.

—¿Ah, no? Me parece que conozco a Cary mejor que tú.

—Claro —Juliet sabía que tenía que decir algo para defenderse—. Así que, ¿cuándo fue la última vez que te acostaste con él? Me interesaría saberlo.

—No me acuesto con serpientes.

—Yo tampoco —Juliet detestaba su mirada de superioridad. Sus buenos modales se habían evaporado, y volvió a despreciarse por desear que las cosas fueran distintas—. Además —añadió esforzándose por parecer tan desagradable como él—, no creía que fueras tan selectivo a juzgar por tu «trabajo» actual.

—Supongo que no querrás decir que me acuesto con Liv Holderness —estaba furioso.

—¿No es así? Pues lo está deseando. No te quita los ojos del trasero.

La expresión de Rafe se oscureció con una intensidad que no presagiaba nada bueno, pero lo cómico de la situación le hizo sonreír sin querer.

—¿Cómo es que te has fijado en eso? —murmuró suavemente—. ¿No te basta con Cary?

—¡Esa insinuación es asquerosa!

Rafe no se arrepentía de sus palabras, pero sabía que había dicho más de lo que pretendía. De todas maneras le irritaba que no se diera cuenta de las mentiras de Cary. Abandonó todo intento de continuar la conversación y volvió a colocar los cuadros en su sitio. Tenía que pensar únicamente en su trabajo. Un día más y ella se habría ido.

Mientras tanto, Juliet reprimía las ganas de darle una patada en su provocativo trasero. ¿Quién se creía que era para hablarle así? Si no fuera una idea absurda, se habría preguntado si no sería que la deseaba.

–Vuelvo arriba –dijo ella con brusquedad–. Ya he visto todo lo que tenía que ver.

–Bueno, pues ya es algo –contestó Rafe volviéndose hacia ella.

–Te encanta burlarte de mí, ¿verdad? –le temblaba la voz pero siguió hablando–. Criticas a Cary, pero, en mi opinión, tú no eres distinto.

–¡Y un cuerno!

–Lo digo en serio –su airada respuesta le dio seguridad–. Ambos creéis que lo sabéis todo de las mujeres, pero no es verdad.

–¿Piensas que es eso lo que ha provocado esta situación?

–¿Tú no?

–No. Reconoce, Juliet, que no sabes nada de los hombres. Sí, has estado casada y te has divorciado, y deberías haber aprendido algo del sexo opuesto, pero no es así. Si lo fuera, no me sentiría tan condenadamente responsable.

–No tienes por qué sentir ninguna clase de responsabilidad hacia mí –replicó Juliet sorprendida–. Soy lo suficientemente mayor como para saber lo que hago.

–Sí, claro.

–¿Sabes lo que creo? –Juliet perdió los estribos–. Pues que toda esta charla moralista sobre la responsabilidad sirve para ocultar lo que realmente quieres.

–Que es... –su tono era helado.

–Privar a Cary de su legítimo derecho a ser el heredero legítimo de tu abuela –replicó ella con imprudencia, y casi se desmayó de miedo cuando él la agarró por la muñeca.

–Retira lo que has dicho –murmuró con expresión amenazadora mientras sus ojos se oscurecían hasta volverse negros–. ¿Y ese anillo? –preguntó al fijarse en él, y atrajo su mano hacia sí–. ¿De dónde lo has sacado?

—preguntó mientras lo apretaba hasta hacerle daño—. ¿Te lo ha regalado Cary?

Juliet tragó saliva. Su furia se había evaporado al ver la expresión de angustia en el rostro de él.

—Me lo ha dado... lady Elinor —tartamudeó—. Sólo lo he tomado prestado.

Rafa la miró con ojos incrédulos y ella comenzó a darle una torpe explicación, aunque no tenía derecho a ella.

—Nosotros... Cary aún no me ha comprado un anillo —dijo vacilante— y tu abuela dijo que como los Holderness iban a cenar a su casa esta noche, debería llevar uno.

—¿Y te dio éste? —Rafe sabía que no podía criticar las acciones de la anciana, pero era incapaz de evitar la oleada de resentimiento que lo invadía.

—Sólo lo he tomado prestado —repitió Juliet, sin entender su actitud. Pero había algo que no encajaba, y cuando trató de retirar la mano, él la alzó para examinar el anillo más de cerca.

—¿De verdad crees que Cary te va a dejar devolverlo? —preguntó en tono duro—. Perdona, pero lo dudo mucho.

—Es asunto de lady Elinor, no tuyo. El anillo es suyo.

—Era de mi madre —contestó Rafe escuetamente con una amarga sonrisa—. La anciana se lo regaló al cumplir los veintiún años.

—¡Dios mío! —exclamó Juliet horrorizada—. No lo sabía. lady Elinor me dijo que se lo habían regalado cuando era una niña, y no podía imaginarme que...

—Olvídalo —Rafe le soltó la mano bruscamente y se alejó unos pasos de ella—. No tenía que haber reaccionado como lo he hecho. La anciana se quedó con el anillo al morir mi madre. Yo no lo quería, y supongo que cree tener derecho a hacer con él lo que le plazca.

—Pero... —Juliet se pasó la lengua por los labios—. Se lo devolveré —dijo impulsivamente—. No necesito un anillo para...

—¿Y quieres que me eche la culpa por echarle a perder la velada? —preguntó Rafe en tono sardónico—. No tiene tanta importancia. No debía habértelo dicho.

Pero la tenía, y Juliet creyó saber por qué lady Elinor se había puesto tan contenta cuando ella eligió ese anillo. Sabía que Rafe lo vería y lo reconocería. Por eso le había preguntado la noche anterior si lo había visto. Pero Juliet no quería participar en ningún plan para herirlo. Se dirigió a ciegas hacia la puerta. Quería marcharse del estudio, de Polgellin Bay, salir de la vida de Cary y no tener nada que ver con las maquinaciones de lady Elinor. La situación se había complicado mucho más de lo que hubiera podido imaginarse, y estaba harta.

—Te veré arriba —dijo mientras se volvía a mirarlo. Entonces dio un grito al chocar con un obstáculo inesperado. Estaba tan ansiosa por llegar a al puerta que no había mirado por dónde iba y había tropezado con uno de los cuadros apoyados en la pared. El lienzo se tambaleó y ella lo agarró, más preocupada de no estropearlo que de no hacerse daño. Al hacerlo, un montón de bocetos se cayeron y se esparcieron por el suelo.

Capítulo 9

MÁS tarde, Juliet no supo si fue la vista de los bocetos o la pérdida del equilibrio lo que hizo que se fuera contra la pared. Las imágenes del cuerpo desnudo de Liv Holderness hicieron que se sintiera un poco mareada. ¡Por Dios! ¡Tenían una relación amorosa! ¿Cómo, si no, iba a estar ella reclinada en un sofá totalmente desnuda? No era de extrañar que se comportara con él como si fuera su dueña. ¿No le importaba a Rafe que estuviera casada? Pero recordó que no le había importado que Cary y ella estuvieran supuestamente comprometidos. Sintió náuseas. ¿Cómo se atrevía Rafe a criticar a Cary? Comparado con él... La cabeza le daba vueltas y sintió que le faltaba el aire. Se dio la vuelta desconcertada y con expresión confusa mientras Rafe, maldiciendo en voz baja, se lanzaba hacia ella.

—Eres una estúpida —murmuró mientras la tomaba de la cintura para que recuperara el equilibrio—. ¿Por qué no miras por dónde vas? No quiero pensar lo que hubiera dicho Cary si apareces con un ojo morado.

Juliet temblaba tanto que no halló palabras para defenderse. Y la verdad era que sin su apoyo, se habría caído al suelo sin sentido. La respiración agitada de él revelaba el esfuerzo que había hecho para alcanzarla antes de que se desmayara, y era difícil no estarle agradecida.

—Creo que la opinión de Cary es lo que menos te

preocupa –consiguió decir–. ¿Sabe lord Holderness que haces bocetos de su mujer desnuda?

Rafe suspiró y se maldijo por no haber guardado los bocetos.

–No –reconoció al fin mientras resistía los esfuerzos de ella por liberarse. Decidió que no le quedaba otra opción que confiar en ella–. Estoy pintando su retrato para el cumpleaños de su marido. Es una sorpresa, así que te agradecería que no se lo dijeras a nadie.

–¿Esperas que me lo crea? Debes de pensar que me chupo el dedo.

–Es la verdad –dijo Rafe con obstinación–. No te miento. Si tuviera un lío con Liv Holderness, ¿crees que estaría aquí a solas contigo?

–Fui yo la que te pedí que me mostraras tu trabajo.

–Y no tenía ganas de hacerlo.

–Por Liv.

–No, por esto –murmuró él mientras la abrazaba e inclinaba la cabeza hacia la suya.

Más tarde, Juliet se dijo que él se había aprovechado de su debilidad; por eso no lo había detenido cuando le separó los labios con la lengua. Con la inconfundible presión de su erección sobre el estómago, fue muy sencillo ceder a unas emociones que se habían intensificado durante la discusión que habían tenido. Y cuando sintió que le acariciaba la parte inferior de los senos con los pulgares, experimentó la urgente necesidad de apretar sus caderas contra las de él. Se le nubló la razón, y el hecho de que fuera la supuesta prometida de Cary se diluyó en el placer sensual que él le provocaba. La fuerza de su propio deseo superó cualquier objeción. Quería que la besara. ¡Por Dios! ¡Quería que le hiciera mucho más que eso!

Mientras le introducía la lengua hasta la garganta, Rafe sintió que una excitación salvaje se adueñaba de su razón. La deseaba con una intensidad que no recordaba haber experimentado antes. Estaban solos. ¿Podía confiar en que ni Liv ni Cary los interrumpirían? Quería poseerla sobre el sofá y borrar de su mente las imágenes de Liv desnuda.

–Quiero hacerte el amor –le dijo mientras la besaba y mordisqueaba el cuello.

Juliet gimió suavemente y las manos de Rafe temblaron ligeramente al bajarle la camisa a la altura de los hombros. Su piel era muy suave y el sujetador apenas ocultaba sus tiernos pezones. Con la punta del dedo le recorrió la mandíbula y la garganta hasta llegar al sostén. Luego se inclinó e hizo el mismo recorrido con la lengua, saboreando su piel ligeramente salada. Los dos estaban sudando. La camisa se le pegada a la espalda. Nunca había experimentado una emoción igual ni había sentido la sangre correrle tan deprisa por las venas.

–Sabes muy bien –le dijo.

Juliet tomó su cara entre las manos a ciegas y le acarició las mejillas y los labios con dedos ardientes. Rafe no se pudo controlar y mordió la tela del sujetador hasta que ella gimió. Luego le bajó las hombreras y ocultó la cara entre sus senos. Juliet fue incapaz de resistirse. Sentía el cuerpo ardiente y vivo, alerta a cada movimiento sensual que él hiciera. Rafe había introducido una pierna entre sus muslos, y la parte sensible de Juliet estaba húmeda y anhelante. La erección masculina la presionaba con fuerza, como si tuviera vida propia.

Rafe ansiaba estar dentro de ella. Lo único en lo que pensaba era en sumergirse en su húmedo calor y en que sus músculos lo apretaran hasta hacerle daño. Empujó a Juliet hasta la pared donde estaban apoyados los lienzos mientras le introducía aún más la lengua en la boca. Ella se sintió consumida de deseo. Lo abrazó por el cuello apretándose contra él cuando la inmovilizó con su cuerpo contra la pared. Se retorció impaciente queriendo que la acariciara por todo el cuerpo, sobre todo en el centro, entre sus piernas.

–¡Estate quieta, por Dios! –murmuró Rafe con voz ronca. Se daba cuenta de que nunca en su vida había estado tan cerca de perder el control. Si ella no dejaba de moverse...

Pero, de repente, Juliet se puso rígida. Fue como si la dureza de sus palabras hubiera roto el hechizo de locura que se había apoderado de ambos.

–¿Qué has dicho? –preguntó en tono vacilante mientras apoyaba las manos en el pecho de él para alejarlo, cuando unos segundos antes se retorcía de deseo.

–¡Maldita sea, Juliet...!

–¡Suéltame!

–¿No lo dirás en serio?

–Claro que sí. ¡Suéltame!

Juliet apretó los dientes. No llevaba zapatos de tacón como Liv, pero él estaba descalzo y cuando lo pisó aulló de dolor. Sintió remordimientos durante un instante, mientras él retrocedía a la pata coja y se agarraba el pie, lo cual le permitió separarse de la pared y arreglarse la ropa.

–¿Qué esperabas? –le preguntó con amargura–. No creas que no sé lo que tratabas de hacer. Pensabas que seduciéndome dejaría de despreciarte por el modo en que tratas al marido de Liv. Me has agredido. Tu comportamiento es totalmente... censurable.

–A ver si maduras –Rafe estaba muy dolido. Aparte de sufrir las consecuencias del pisotón, se sentía frustrado–. Besarte no ha tenido nada que ver con los bocetos de Liv. Me dedico a eso. Soy pintor.

–De todas formas...

–De todas formas, nada –Rafe decidió que no tenía nada que perder si le decía la verdad–. No me has dejado casi cojo por haberte besado. Te has dado cuenta de que estabas disfrutando y te has sentido culpable por engañar a Cary.

Rafe seguía de un humor de perros mucho después de que Liv se hubiera marchado. Juliet no había contado a Cary nada de lo sucedido, y se habían marchado poco después. Liv lo conocía lo suficientemente bien como para saber que, en su larga ausencia, había pasado algo, pero no había querido sacar el tema en aquel momento.

Debido a su mal humor, a Rafe le había resultado difícil trabajar, así que había pedido a Liv que pospusieran la cita hasta la semana siguiente. Alegó que tenía dolor de cabeza, cuando lo que en realidad tenía era una erección que se negaba a desaparecer. Una ducha fría lo calmó. Cuando salía de ella sonó el teléfono. Se envolvió en una toalla y fue a contestar. Le dolía el pie, lo cual no contribuía a mejorar su estado de ánimo. Se puso rígido al oír la voz de lady Elinor.

—¿Eres tú, Raphael?

—Puesto que éste es mi número de teléfono, la probabilidad de que sea yo es elevada. ¿Qué quieres? Creí que hoy estarías demasiado ocupada para hablar conmigo —después de un largo silencio, Rafe se preguntó si no se habría excedido, pues la anciana no tenía la culpa de que le pareciera que su vida se iba a arruinar a causa de Juliet. Lo mejor sería no volver a verla.

—¿Qué mosca te ha picado? —le preguntó la anciana—. Bueno, ¿has visto a Cary?

—¿Por qué me lo preguntas? — Rafe pensó que no podía ser que Juliet le hubiera dicho algo, porque aún no habían tenido tiempo de llegar a Tregellin.

—Porque creo que iba a ir con Juliet a Polgellin Bay. Sé que ella quería ver tu trabajo.

—Han estado aquí, pero ya se han ido —si no se lo decía, probablemente lo haría Cary.

–¿Y le has enseñado tus cuadros? –insistió la anciana–. Es una chica muy simpática. Muy distinta de lo que esperábamos.

–Querrás decir de lo que esperabas –la corrigió–. Yo carecía de opinión al respecto.

–Pero ya la conoces. Tienes que haberte formado una opinión. Josie me ha dicho que estuviste hablando con ella anoche.

–¿Qué quieres que te diga? ¿Que me cae bien? ¿Que envidio la suerte de Cary? ¿No te basta con que a ti te guste?

–Raphael, Raphael, sólo te pido tu opinión.

–¿De verdad? –Rafe estaba furioso y dijo algo imperdonable–. ¿Crees que me quiero acostar con ella? ¿Es eso lo que quieres oír?

Si había esperado que la anciana se ofendiera, no fue así. El sonido de una carcajada le llegó a través del teléfono.

–¿Y quieres hacerlo? Pobre Cary, no sabe lo que le espera.

–A veces te pones muy desagradable –dijo Rafe sin importarle lo que pudiera pensar de él–. Oye, ¿tienes algo que decirme? Porque estoy aquí envuelto en una toalla.

–Así que no quieres hablar de ella –observó lady Elinor tras otro silencio.

–Pero ¿qué quieres que te diga? Es evidente que a ti te cae bien, incluso tanto como para darle el anillo de mi madre. Ya se lo he visto puesto.

–¿Es que desapruebas mi generosidad, querido? ¿O es que temes que Cary lo empeñe antes de que tú puedas recuperarlo?

–¿Hay alguna posibilidad de eso? –señaló Rafe después de lanzar un largo suspiro–. De todas formas, el anillo es tuyo y puedes hacer con él lo que quieras.

–Supongo que sí. Pero, de todos modos, no te llamaba por eso. Quiero que vengas a la cena de esta noche. No tienes ningún otro compromiso, ¿verdad?

—¿Me estás tomando el pelo?

—Iba a pedirle al doctor Charteris que viniera, pero pensándolo mejor, prefiero que vengas tú.

—De ninguna manera.

—No seas así, Raphael. No querrás que tu abuela esté sin pareja, ¿verdad? Ya sabes que vienen los Holderness, y sé que lady Holderness y tú sois viejos amigos.

—Lo somos —Rafe volvió a suspirar—. Ya te he hablado de mi relación con Liv. Precisamente ha estado aquí esta mañana. Llegó al mismo tiempo que tus invitados.

—Bueno, ¿qué me dices?

—¿Sobre esta noche? —tenía un nudo en el estómago. Sabía que ir a Tregellin mientras Juliet estuviera allí no era una buena idea. Y verla con Cary... Sería un perfecto imbécil si aceptaba la invitación de la anciana...

Juliet se preparó para la cena sin entusiasmo, aunque recordó que aquélla era la última noche en Tregellin. Se marcharían al día siguiente y podría dejar de pensar en Rafe Marchese y olvidar lo sucedido aquella mañana. ¿En qué había estado pensando para consentir que aquel hombre volviera a tocarla? Sobre todo después de haber descubierto que carecía de vergüenza y de escrúpulos. Porque el cuento de que estaba pintando el retrato de Liv Holderness... ¿Cabía alguna posibilidad de que lord Holderness, quienquiera que fuese, quisiera que todo el mundo viera a su esposa desnuda? Claro que era una idea muy propia de Liv, que además le proporcionaba una excusa para visitar a Rafe en su estudio. Pero por muy buenos que fueran los bocetos, no podrían convertirse en un retrato. Sin embargo, tenía que reconocer que, a pesar de sus reservas, Rafe tenía un talento impresionante. A ella le había bastado una rápida mirada para saber quién era el modelo de los bocetos, lo cual no siempre era fácil tratándose de un desnudo.

Suspiró. De lo que tenía realmente que preocuparse era de lo que pasaría si decidía contarle a la anciana el secreto que compartía con Cary. ¿Sería una mala acción? No se sentía bien al engañar a lady Elinor. Si tuviera la mitad de su carácter, ya se habría marchado. El problema era que no tenía dinero para el billete de tren. Tendría que quedarse hasta el día siguiente. Y aquella noche se comportaría de un modo que hubiera enorgullecido a su padre. En el caso de que pudiera ver lo que estaba haciendo, esperaba que la perdonara. Su hija no era una mala persona, sólo tremendamente ingenua y débil.

Se puso el vestido negro con mangas de chifón que le llegaba a la altura de la rodilla, unas medias negras y unos zapatos de tacón con los que se arriesgaba a torcerse un tobillo, pero eran los únicos que iban bien con el vestido. Unos pendientes de oro a juego con el collar, unas cuantas pulseras en una muñeca y el reloj que le había regalado su padre por su decimoctavo cumpleaños en la otra completaron su atuendo. Se puso el anillo de mala gana, pues desde que Rafe le había dicho a quién había pertenecido, se sentía aún peor que antes llevándolo. De todas maneras, Rafe no estaría aquella noche, así que podía estar tranquila. E incluso podía olvidar el anillo en su habitación a la mañana siguiente y contemplar la expresión de desagrado de Cary cuando llegaran a Londres. Aunque él creyera que lo había dejado adrede, le daba igual. Además, era poco probable que lo volviera a ver después de aquel fin de semana.

Cuando salió de la habitación, todavía era pronto, pero supuso que lady Elinor estaría en el salón para dar la bienvenida a sus invitados. Oyó voces al cruzar el vestíbulo y se puso tensa. Ya había mentido a cuatro personas y no quería mentir a más. ¿Y si alguien le preguntaba algo que no pudiera contestar? Cary no iba a ayudarla, como había demostrado la noche anterior. Estaba tan nerviosa que, al llegar a la puerta, creyó sufrir una alucinación. Conocía al hombre que estaba junto a la chimenea. Vestido de negro, Rafe parecía sentirse totalmente a gusto. La persona sudorosa que los había saludado aquella mañana, o el artista descalzo con vaqueros y camiseta con quien se había besado apasionadamente, parecían de otro planeta. Aquél era Rafe Marchese, el nieto de lady Elinor, y no había más que hablar.

Juliet tragó saliva, y lady Elinor, sentada en el sofá, la saludó con la mano.

–Entra, querida. He pedido a Rafe que viniera. Raphael, ¿por qué no preguntas a Juliet qué quiere tomar?

Capítulo 10

ERA evidente que los Holderness aún no habían llegado, así como que lady Elinor quería que Juliet acompañara a Rafe al mueble-bar y le dijera lo que quería tomar. Un vodka sin hielo no le habría venido nada mal, pero, dadas las circunstancias, decidió mantenerse serena.

—¿Qué quieres? —preguntó Rafe, consciente de que Juliet no quería estar cerca de él. Tampoco él lo deseaba, pero habría sido aún más difícil hallar una excusa, y no quería bajo ningún concepto que su abuela sospechara lo que ocurría—. ¿Un jerez o un poco de cicuta con hielo?

—Me imagino que esto te divierte, ¿verdad? —murmuró Juliet lanzándole una mirada resentida—. ¿Por qué no me dijiste que ibas a venir?

—¿A ti?

—Quiero decir a nosotros —Juliet se corrigió inmediatamente.

—¿Me creerías si te dijera que no lo supe hasta después?

—No.

—Pues es verdad. A la anciana le gusta tener a sus posibles invitados en vilo. ¿Aún no lo has notado?

—No llevo aquí el tiempo suficiente como para juzgar su carácter.

—¿Ah, no? A mí me parece que llevas semanas.

—No sé por qué me da que eso no es un cumplido

–dijo Juliet poniéndose a la defensiva. Apartó la mirada y trató de concentrarse en otra cosa. Pero era difícil, porque, al estar tan cerca de él, recordaba el calor de su cuerpo y su olor. Pero entonces se acordó de los bocetos.

–¿Qué hacéis? –preguntó la anciana irritada–. ¿No sabéis que cuchichear es de mala educación?

–Aún no ha decidido qué quiere tomar –respondió Rafe–. Venga, Juliet.

–Un jerez –dijo con brusquedad–. Gracias –y fue a sentarse al lado de su anfitriona.

–¿Qué te ha dicho Raphael? ¿Te pasa algo?

–No –mintió sin convencimiento Juliet mientras se sonrojaba hasta las orejas–. Yo... Rafe... quiero decir, Raphael, me estaba sugiriendo qué podía tomar.

–¿Eso es todo? –lady Elinor alzó la vista cuando su nieto se aproximó para dar el jerez a Juliet–. No habrás estado intimidando a esta joven, ¿verdad, Raphael?

–¿Por qué iba a hacer algo así? Apenas nos conocemos.

–Pero ha estado en tu estudio esta mañana –insistió lady Elinor–. ¿Te ha enseñado sus cuadros? –preguntó volviéndose hacia Juliet.

–Sí –se vio obligada ésta a contestar sin mirar a Rafe.

–¿Y? –preguntó la anciana. ¿Qué te han parecido? ¿Tiene el chico talento?

–Estoy segura de que sí –murmuró Juliet incómoda–. Pero no soy una experta.

–La típica respuesta –observó lady Elinor con irritación–. Vives en Londres, así que has debido ir a galerías de arte.

–Lo mío no es una galería –intervino Rafe, consciente de la ambivalencia de Juliet–. Y no esperes que Juliet te informe sobre lo que no quieres ir a ver por ti misma.

–Te ha faltado tiempo para decirlo. ¿Dónde está Cary? Tiene que saber que los Holderness están a punto de llegar.

–En realidad, uno de los cuadros que me ha enseñado me ha parecido muy bueno –soltó Juliet de repente, siendo ella la primera sorprendida. Se arrepintió de inmediato de haber sido tan impulsiva al ver entrar a su supuesto prometido.

–¿En serio? –lady Elinor miró a Juliet con ojos escrutadores–. Entonces ¿por qué no me lo has dicho cuando te lo he preguntado? ¿Por qué me has hecho creer que el trabajo de Rafe no te había impresionado?

–¡Porque no le ha impresionado! –exclamó Cary con desdén–. Abuela, ¿para eso nos mandaste allí? ¿Para espiar sin cobrar?

–¿Sin cobrar? –su abuela lo miró con desagrado–. Cuidado con lo que dices, Cary. Alguien que trabaja de gorila en un casino no debería criticar a su primo por tratar de triunfar en la vida.

Cary se quedó boquiabierto. Juliet se dio cuenta de que Rafe se daba la vuelta para no contemplar su humillación.

–¿Quién te ha dicho que trabajo en un casino? –preguntó Cary mientras su vista se desplazaba de Juliet a Rafe y de éste a aquélla–. Si Juliet te...

–No ha sido tu prometida –contestó lady Elinor con desdén–. Ni Raphael. No soy tonta, Cary. Tengo amigos que me informan de tus asuntos. ¿Por qué no iban a hacerlo? Supongo que no tienes nada que ocultar.

–¡No!

Cary estaba indignado, pero su sonrojo indicaba que mentía. Juliet volvió a lamentar haberse mezclado en sus asuntos. Aunque no aprobara la conducta de Rafe, la suya propia era mucho peor. Se sintió aliviada al oír el motor de un coche, seguido de voces que anunciaban la llegada de los demás invitados. La anciana se levantó para saludar a los Holderness. Aunque considerara que el escote de Liv y sus pantalones de seda no eran adecuados para una cena informal, nadie lo habría adivinado por su benigna expresión.

Robert Holderness era un hombre de casi sesenta años cuya cordialidad ocultaba el orgullo que le inspiraba su esposa. La dejó entrar delante de él en el salón, hizo un gesto de saludo a Rafe y fue a estrechar la mano de lady Elinor.

—Siento la tardanza, Ellie —dijo.

Juliet tardó un instante en darse cuenta de a quién se dirigía: Ellinor, Ellie.

—No te preocupes, Bob —le tranquilizó la anciana—. Esta debe ser tu nueva esposa, Olivia, ¿verdad?. Raphael me ha dicho que sois viejos amigos.

—Sí —Liv estaba algo sorprendida por aquel recibimiento. Nerviosa, se pasó la lengua por los labios—. ¡Qué casa tan bonita tiene, lady Elinor!

—A mí me gusta.

La respuesta de la anciana no tenía en cuenta el hecho de que se estuviera cayendo a pedazos. Rafe pensó que sólo alguien con la clase de lady Elinor podía decir algo así. Ésta señaló la bandeja con las bebidas y pidió a Rafe que sirviera un aperitivo a sus invitados.

—Lo haré yo —Cary se adelantó de malos modos a su primo y se puso al lado del mueble-bar—. ¿Qué va a tomar, señor?

—Quizá debiera usted preguntar primero a mi esposa —afirmó lord Holderness—. ¿Qué quieres tomar, querida?

—Un poco de vino, por favor. Y creo que tú deberías tomar lo mismo. Ya sabes lo que ha dicho el doctor Charteris.

—El doctor es un vejestorio —declaró lord Holderness.

—Bravo —dijo lady Elinor aplaudiendo—. Estoy totalmente de acuerdo, Bob —dirigió la mirada hacia Juliet—. Aún no te he presentado a mi otra invitada. Creo que no conoces a Juliet, la prometida de Cary.

—¿Cómo está usted, querida? —dijo lord Holderness mientras le daba la mano—. Ni siquiera sabía que tu nieto tuviera novia.

—Nosotros tampoco —murmuró la anciana en tono seco.

—Le voy a presentar a mi esposa —continuó lord Holderness—. Estoy seguro de que tendrán muchas cosas en común. ¿Qué te parece, Olivia?

Juliet pensó que Liv parecía mareada, pero no la compadeció. Era una mujer que engañaba a su marido, lo cual era inexcusable.

—En realidad... —empezó a decir sin hacer caso de la mirada implorante de Liv. Pero antes de revelar que la había conocido aquella mañana, Cary los interrumpió.

—Dos copas de vino, ¿verdad? —preguntó. Se notaba claramente que le disgustaba que lo marginaran.

—Por favor —Liv le dirigió una mirada agradecida—. ¿Te parece bien, Bobby?

—Lo que diga lady Holderness. Siempre hago lo que me dice.

—Eso no es verdad, Bobby —protestó Liv.

Lady Elinor le pidió que se sentara a su lado.

—Quiero saber cómo os conocisteis. Bob es muy tímido a la hora de dar detalles personales.

Se veía que Liv estaba muy nerviosa, y Juliet la entendió. Ella también se había visto sometida a un interrogatorio similar, y Liv tenía mucho que ocultar.

—Así que, Juliet, ¿cuánto tiempo hace que Cary y usted se conocen? ¿Desde antes de que se fuera a Sudáfrica? —lord Holderness había decidido investigar por su cuenta.

—Sí —farfulló Juliet. Para su sorpresa, Rafe vino en su ayuda.

–Se conocen desde niños, ¿verdad, Cary? ¿Desde antes de que vinieras a vivir aquí?

–Sabes que sí –le contestó con una mirada resentida mientras daba a los invitados las copas de vino.

Viéndolos, Juliet se sintió incapaz de intervenir. Rafe estaba utilizando a Cary para proteger su relación con Liv. Pero Juliet se sentía reacia a contarle al anciano que su esposa estaba liada con un hombre más joven. No quería herir a un hombre que parecía tan bonachón. Por suerte, Cary parecía más interesado en mejorar la impresión que de él tenía lord Holderness que en discutir con Rafe.

–Me considero un hombre afortunado –dijo a lord Holderness mientras agarraba a Juliet por la cintura.

Rafe apretó los dientes. El mero hecho de ver que su primo le ponía a Juliet las manos encima había desatado en él un deseo que le consumía. Quería apartar a Cary de su lado, sacarla de allí, a empujones si fuera necesario, y demostrarle que estaba perdiendo el tiempo con un ser inmundo. Mantuvo la vista alejada de Juliet y trató de reflexionar sobre lo que le sucedía. No era un hombre de las cavernas desesperado por demostrar lo macho que era. Pero, por primera vez en su vida, tenía que aceptar que Juliet despertaba en él sentimientos que se negaba a racionalizar. La quería para él, o tal vez sólo deseaba acostarse con ella. Si lo hacía, quizá pudiera retomar su vida normal. Volvió a concentrarse en la conversación.

–Estoy seguro de que usted también se considera un hombre afortunado –dijo Cary a lord Holderness.

–Desde luego.

–Sí, Liv es una gran mujer –continuó Cary sin darse cuenta de que se adentraba en terreno peligroso–. Siempre me lo ha parecido.

–¿Conoce a mi esposa? –preguntó el anciano dirigiéndole una mirada suspicaz.

–Pues sí –se había sonrojado–. Todo el mundo la conoce –afirmó incómodo–. Su reputación, quiero decir – palabras que contribuyeron a empeorar las cosas.

–¿Su reputación? –lord Holderness echaba humo por las orejas.

–Creo que a lo que Cary se refiere –intervino Rafe conciliador– es a que, como es hija de Ken Melrose, conoce a mucha gente. ¿No es así, Cary?

–Sí, claro –murmuró éste, aunque la mirada que dirigió a Rafe no era de agradecimiento.

La aparición de Josie para anunciar que la cena estaba lista supuso un alivio para todos. Cenaron en el invernadero. Lady Elinor presidía la mesa con la elegancia de sus antepasados. Rafe había ayudado a Josie a llevar el mueble hasta allí y le había sugerido que sirviera unos entremeses de primer plato, lo que le evitaría tener que estar entrando y saliendo varias veces con platos calientes. Lady Elinor había decidido dónde se sentaría cada uno. Lord Holderness y ella se sentaron en los dos extremos de la mesa; Juliet y Cary, en uno de los lados; y Olivia y Rafe, en el otro. Debido a esta disposición, Juliet se dio cuenta de que Rafe la miraba con inquietante frecuencia. Cary estaba indignado por que su abuela hubiera colocado a Rafe frente a él, pues era reconocer que tenía derecho a estar allí.

–Pero ¿qué hace esta mujer? –le murmuró a Juliet–. Lo hace para castigarme, porque ha descubierto que no tengo un buen trabajo en la City.

–Es tu primo –señaló ella en voz baja–. ¿Qué más da, Cary? Nos vamos mañana.

–Ya lo sé. Pero me pregunto qué le dirá a mi abuela cuando no estoy.

–Te estás volviendo paranoico –protestó Juliet con impaciencia, y se sonrojó al ver que Rafe volvía a mirarla. Se preguntó inquieta si otra de sus habilidades sería leer los labios. No le sorprendería lo más mínimo. Se llevo la servilleta a la boca–. Recuerda que antes te ha ayudado en una situación comprometida.

–Y me pregunto por qué – Cary no se aplacaba–. ¿Tú qué crees? ¿Está liado con Liv? Ella conoce perfectamente su piso. Y no le gustó que bajaras con él al estudio, por muy de acuerdo que pareciera estar.

A Juliet se le contrajo el estómago. Oír lo que ella misma pensaba en boca de otro era mucho peor que creer que era la única que sabía la verdad. Y a pesar de que detestaba el modo en que Rafe se había portado con ella, le atormentaba el recuerdo de lo que había sentido mientras la besaba.

–¿No comes, Juliet? –lady Elinor había observado que apenas había probado la comida.

–No tengo apetito –murmuró con torpeza.

–¿Es que no te gusta el pollo?

–Claro que sí –era consciente de que todos la miraban–. No es la comida...

–Entonces, ¿qué es?

–La estás poniendo en un aprieto –Rafe miró a su abuela–. No está tan acostumbrada a ti como nosotros. ¿Por qué no tocas la campanilla par que venga Josie? Seguro que tus invitados querrán otra botella de este excelente vino.

–Te agradecería que te guardaras tus opiniones, Raphael –afirmó la anciana con irritación.

Juliet observó la sonrisa de triunfo de Cary ante lo que consideraba una humillación para Rafe.

Pero las palabras de éste tuvieron el efecto deseado: lady Elinor llamó a Josie. Sin embargo, Rafe observó que les dirigía una mirada especulativa, a él y a Juliet, y se percató de que su abuela se había dado cuenta de cómo la había defendido.

Después del postre, pasaron al salón para tomar café. Cary se sentó cerca de lord Holderness a propósito.

–Mi abuela me ha dicho que viven en un castillo. ¡Qué emocionante! ¿Es muy antiguo?

–¿Qué le has dicho, Ellie? –preguntó el anciano con el ceño fruncido–. Sabes perfectamente que Trelawney es una mansión.

–Me parece que lo que dije fue que Trelawney parecía un castillo –afirmó lady Elinor mientras lanzaba a su nieto una mirada impaciente–. Además, no entiendo por qué te interesa, Cary.

–Me interesan los edificios antiguos –protestó éste con fingida inocencia–. Me sorprende lo mucho que cuesta mantenerlos. No me imagino cómo os las arregláis.

Juliet estaba horrorizada. Sabía exactamente adónde quería llegar Cary y trató de advertirle con la mirada para no continuara hablando. Pero su «prometido» se estaba divirtiendo por primera vez aquella noche.

–Pues lo hacemos –respondió lord Holderness con frialdad–. Sería una verdadera lástima que uno tuviera que sacrificar su patrimonio en aras de intereses comerciales.

–Estoy de acuerdo –Cary se esforzaba por parecer sincero–. Esta vieja casa me encanta, pero habrá observado que está muy deteriorada. Ojalá hubiera una forma de poder ayudarte, abuela. ¿Has pensado en vender parte del terreno?

–Ya basta, Cary.

Era Rafe quien había hablado. Estaba sentado al lado de lady Elinor, y Juliet se dio cuenta de que estaba furioso. Ella misma se sentía muy molesta, y eso que ni siquiera pertenecía a la familia. ¿No se daba cuenta Cary de que corría el peligro de desvelar que había leído la carta del constructor?

–Me parece que no estoy hablando contigo –dijo Cary mirando a su primo con mala cara. Volvió a dirigirse a la anciana–. Estarás de acuerdo conmigo en que

Tregellin va a derrumbarse a no ser que se tomen medidas.

—Cary...

—No te preocupes, Raphael —lady Elinor le puso la mano en la rodilla para indicarle que no necesitaba su ayuda—. Cary tiene sus propias opiniones. Y me interesa saber lo que piensa de Tregellin. Debo tomarme en serio su sugerencia de vender la propiedad.

—¡La casa, no! —señaló Cary de inmediato dándose cuenta de su error—. Tal vez una o dos granjas —lanzó una mirada alrededor para obtener apoyo—. Es razonable lo que digo, ¿verdad, Juliet? Nadie quiere que la casa se caiga a pedazos.

—Creo —dijo lady Elinor antes de que Juliet pudiera contestar— que sé lo que es mejor para Tregellin, Cary —se volvió hacia lord Holderness—. ¿Juega tu mujer al bridge, Bob?

No lo hacía, pero la anfitriona insistió en que aprendiera, y junto con Cary, ansioso de hacer las paces, ya eran cuatro jugadores.

—No te importa, ¿verdad, Juliet? —le preguntó la anciana—. Raphael, hazme el favor de entretener a nuestra invitada. Podrías enseñarle los cuadros de tu madre. Hay un par de ellos en la biblioteca.

Capítulo 11

RAFE empujó la puerta de la biblioteca y dejó que Juliet pasara delante, lo que ésta hizo de mala gana. Él trataba de ocultar el enfado que le había producido la forma de manipularlo de lady Elinor, pues era consciente de que Juliet no quería estar con él. Tampoco era que quisiera jugar al bridge, ni mucho menos. Pero le dolían las maquinaciones de la anciana casi tanto como a Cary. No quería pasar el resto de la velada con una mujer que desconfiaba de él cuando, además, al estar con ella traicionaba el respeto que sentía por sí mismo y se veía sometido a una tentación intolerable. Otra cosa que le irritaba eran los cuadros de su madre. En todo el tiempo que había vivido en Tregellin, nunca había visto colgado ninguno de ellos. De hecho, había supuesto que la anciana los había destruido al morir su madre.

Sin embargo, al entrar en la biblioteca, que también había sido el despacho de su abuelo, la incredulidad ante lo que vio lo dejó sin aliento. En dos de las paredes, como era habitual, se alineaban los libros coleccionados a lo largo de los años, pero las otras dos eran una verdadera exposición artística no sólo de los cuadros de su madre, sino también de los suyos. Algunos de éstos, que había supuesto que se habían vendido a coleccionistas anónimos, eran de su primera época, paisajes que, en aquel momento, él mismo habría destruido por su escasa calidad.

–¡Por Dios! –exclamó mientras se apoyaba en la puerta para cerrarla, demasiado sorprendido para moverse.

–Oye –le dijo Juliet volviéndose y mirándolo con resentimiento–, a mí tampoco me gusta esta situación –y entonces se dio cuenta de su expresión de asombro–. ¿Qué pasa?

–Nada. Todo. Me gustaría saber cuánto hace que la anciana tiene estos cuadros.

–¿Los de tu madre? Supongo que estas acuarelas son suyas.

–Le encantaba Italia, sobre todo Toscana. Pasamos mucho tiempo allí cuando era pequeño.

–¿Qué edad tenías cuando murió tu madre? No me contestes si no quieres, no es asunto mío.

–Siete años. Como no había nadie para cuidarme, las autoridades me mandaron a Inglaterra con mi abuela. Al principio fue un infierno para mí. ¡Hacía tanto frío en Inglaterra!

Juliet se imaginó lo terrible que debió resultar a un niño pequeño que lo hubieran separado de todo lo que conocía y a lo que estaba acostumbrado. Quería preguntarle dónde estaba su padre en aquella época, pero habría sido una indiscreción. De todas maneras, tenía que saber por qué le habían sorprendido tanto los cuadros.

–¿Y no sabías que lady Elinor tenía estos cuadros? –preguntó con cautela–. Pero si estaban aquí...

–Es que no estaban. Estuve aquí, en esta habitación, hace menos de una semana. No estaban, ni tampoco los otros.

–¿Te refieres a tus cuadros?

–Si quieres llamarlos así –respondió Rafe con amargura–. Los pinté hace unos quince años.

–¿Y qué fue de ellos?

–Me llamó un abogado de Bodmin y me dijo que

había oído hablar de mi trabajo por personas relaciona-
das con la escuela en la que enseñaba. Vino a verlos, le
gustaron, y yo me consideré afortunado por tener un
comprador —se rió sin alegría—. Incluso me dio pena
aquel pobre diablo.

—No seas tan crítico —le dijo Juliet, mirándolo fijamente—. Me parece que son muy buenos. En todo caso,
eso creyó el abogado.

—No —Rafe se separó de la puerta y atravesó la biblioteca con violencia controlada—. ¿No te das cuenta de
que no hubo tal abogado? Era la anciana manipulándo-
me una vez más —hizo una pausa—. Yo aún vivía aquí,
no tenía casa propia, pero ella sabía que había transfor-
mado una de las antiguas caballerizas en un estudio y
no desaprovechaba ninguna oportunidad para ridiculizar
mis esfuerzos, para decirme que nunca pintaría algo que
mereciera la pena. A mi madre le decía lo mismo. Por
eso Christina, así se llamaba mi madre, se negó a volver
a Inglaterra. La anciana quería controlar su vida del
mismo modo que le gustaría controlar la mía.

—¿Por qué crees entonces que compró los cuadros?

—¡Quién sabe! Supongo que se trata de otro de sus
juegos. Si, por increíble que pareciera, yo tenía éxito,
podría alegar que siempre había sabido que tenía talento —lanzó un resoplido—. Si no, nadie lo habría sabido.

—¿De verdad crees que es tan taimada?

—Puede serlo, así que ten cuidado.

Juliet contuvo el aliento. ¿Le estaba advirtiendo que
lady Elinor podía tener planes para ella también?

—No tiene nada que ver conmigo —dijo ella sin querer tomar postura.

—Lo tendrá cuando te cases con Cary —Rafe avanzó
hasta ponerse frente a ella y le recorrió el labio inferior
con el pulgar. Se le oscureció la mirada—. ¿De verdad
que vas a casarte con alguien que no merece llamarse
hombre?

–No digas eso –Juliet se puso a la defensiva–. Y no estás en situación de juzgarlo –echó la cabeza bruscamente hacia un lado para evitar la caricia, pero lo único que consiguió fue que los largos dedos de él se posaran en su nuca. Era tremendamente consciente de él, de la fuerza con la que le acariciaba el comienzo de la espalda. Se le secó la boca y, a pesar de su resistencia, no protestó. Lo único que veía era los ojos masculinos que la observaban atentamente, como los de un depredador preparándose para atacar.

–Venga –dijo él por fin–. Di lo que tienes que decir: que me desprecias. Pero ¿qué te atrae de Cary? Háblame de él, dime lo mucho que lo quieres. ¿Es por su forma de ser? ¿Por su aspecto físico? ¿Por qué?

–No tengo que decirte nada –replicó Juliet.

Rafe se puso furioso porque, otra vez, estaba actuando como un salvaje. Pero ver aquellos cuadros había hecho que aflorase lo peor de sí mismo. Como la anciana sabía que sucedería, pensó con amargura.

–¿Se te ha comido la lengua el gato? –se burló de ella, al tiempo que no hacía caso a la insistente voz interior que le advertía que acabara con aquello mientras pudiera–. Para alguien que afirma estar comprometida con otro, eres muy permisiva. Dime, ¿pensabas en Cary cuando te besé, cuando te introduje la lengua en la boca?

–¡Ya basta! –Juliet le puso las manos en el pecho para alejarlo, pero, al tocar el jersey, de lo único de lo que fue consciente fue del cuerpo que había debajo. Oyó cómo le latía el corazón, una fuerza viva que respiraba y parecía envolverla. Unas gotas de humedad se deslizaron entre sus senos.

–¿Cómo es en la cama? –continuó Rafe implacable, pues al demonio que lo poseía le divertían los esfuerzos de ella por escapar de él. Defendía ante sí mismo su conducta alegando que su abuela no hubiera debido provocarlo–. ¿Es mejor o peor que tu ex marido? –se mofó–. Supongo que debe de ser mucho mejor. ¿Por qué, si no, te ibas a casar con ese pobre tipo?

–No tienes derecho a criticar a Cary –protestó Juliet–. ¡Al menos no está liado con una mujer casada!

–¡No estoy liado con ninguna mujer casada! –Rafe la tomó de la barbilla con violencia–. Si los bocetos te siguen molestando, ya te he explicado por qué los he hecho. ¿Tan difícil te resulta creer que Liv acudiera a mí?

–No tengo dificultad alguna en creer que lo hiciera –contestó Juliet con desdén–. ¿Adónde iba a ir si quería a un hombre más joven en su cama?

–¡Estás loca! –Rafe estaba indignado–. Liv quiere a su marido. No creas que porque te pusieras nerviosa al ver que estaba desnuda en los bocetos a mí me pasa lo mismo.

–¿Entonces no te excitan?

–¡Claro que no!

–Por favor...

–Lo digo totalmente en serio. Si cada desnudo que veo me excitara, estaría en un constante estado de excitación.

–Eres repugnante.

–Y tú, increíble –dijo Rafe con dureza–. Casi creo que Cary lo ha planeado todo para quedarse con el dinero de la anciana. Y tú no eres mejor que él. Estás dispuesta a prostituirte para quedarte con una parte de...

La bofetada que le propinó Juliet hizo que se callara.

–Eres... eres... –se ahogaba, incapaz de hallar un epíteto adecuado para la ocasión, y vio la sonrisa amarga que se dibujaba en la boca de él.

–Llámame canalla. ¿Por qué no lo haces? –se burló–. No serías la primera –la apartó de sí con tanta violencia que casi la tira al suelo–. ¿Sabes que eres igual que la anciana? No te gusta que te digan la verdad, incluso cuando la tienes delante de las narices.

–¡Eso no es cierto! –Juliet tragó saliva de forma compulsiva, ya que se dio cuenta de que estaba a punto de vomitar lo poco que había cenado. Sabía que Rafe tenía la habilidad de hacerle daño, pero no sabía cuánto. Ahogando un gemido, se dirigió a la puerta.

Rafe no trató de detenerla. Al llegar a su habitación, fue directamente al cuarto de baño, adonde llegó en el momento justo. Tras varios minutos agotadores de náuseas y arcadas, se dirigió al lavabo. Estaba lavándose los dientes, para quitarse el mal sabor de boca, cuando llamaron a al puerta. Se puso tensa de forma instintiva, pero al darse cuenta de que era poco probable que Rafe la hubiera seguido, se secó la boca y fue a abrir. Era Rafe, con una expresión de cansada resignación en el rostro. Juliet iba a cerrar la puerta, pero él se lo impidió con el pie y entró.

–Lo siento –dijo con sencillez, pues su palidez era mucho más elocuente. La tomó por las caderas y la atrajo hacia sí–. Soy un estúpido –dijo mientras ocultaba la cara en el hueco de su cuello–. Dime que me perdonas, por favor.

Juliet no podía hablar. Temblaba de tal manera que no sabía cómo la sostenían las piernas. Tenía que sentarse. «O tumbarse», le insinuó otra voz interior menos virtuosa, lo cual haría que no fuera mejor que Liv.

–¡Oh, tesoro! –dijo Rafe mientras le sujetaba la nuca con la mano.

Juliet cerró los ojos mientras la boca de él se aproximaba a la suya. Unos labios firmes rozaron los suyos y la lengua los separó tiernamente para entrar en la boca. Con su sensualidad consiguió que la boca de Juliet participara inevitablemente. Y empujado por un deseo creciente, él la besó con mayor profundidad hasta que la voluntad de ella de resistirse quedó totalmente

anulada. Sus besos eran como una droga para sus sentidos, le hacían daño en los labios, la dejaban sin aliento.
Rafe deslizó la otra mano por su espalda hasta llegar a
sus nalgas, atrayéndola hacia sí con más fuerza hasta
que ella sintió su erección.

–Sabías que vendría a buscarte –la desafió él mientras le acariciaba la mejilla con la boca. Luchaba por
controlarse, pero, con ella en los brazos, era difícil no
perder la cabeza.

–No –respondió ella con voz ronca mientras él deslizaba la mano hasta una pierna para levantársela y po-
nerla alrededor de su cintura–. Ni siquiera creía que su-
pieras cuál era mi habitación.

–Lo sabía –murmuró Rafe al tiempo que introducía
la mano por debajo de su vestido para acariciarla–. Me
lo había dicho la anciana. Pero dudo que se imaginara
que podía ocurrir algo como esto.

Juliet contuvo el aliento cuando sus largos dedos se
deslizaron por las medias hasta encontrar la piel desnuda. Sabía que, entre las piernas, estaba húmeda y era
vulnerable, y el gruñido de satisfacción de Rafe le indicó que él también lo había descubierto.

–Me deseas –dijo él como si, a pesar de todo, no
hubiera estado completamente seguro.

–No digas nada –le pidió ella mientras le tomaba la
cara entre las manos y aproximaba su boca a la de él–.
Ésta es una forma mucho más satisfactoria de utilizar
la boca.

–Se me ocurre otra mejor –contestó él, pero no rechazó la invitación. Le mordió el labio inferior con fiereza tan sexual como dolorosa.

Juliet lo agarró del jersey y tiró de él, sin darse
cuenta de que le estaba arrancando el vello. Se percató
cuando él lanzó un grito ahogado. Abrió las manos y le
pidió perdón.

–Te perdono –murmuró él mientras la miraba con

un incontenible deseo carnal. Sabía que no podría esperar mucho más para formar parte de ella. Estaba comenzando a perder el control. Quería arrancarle la ropa, verle los senos que adivinaba bajo el vestido. ¿Llevaría sujetador? Creía que no–. Vamos a ponernos más cómodos, ¿te parece? –dijo con voz espesa.

Juliet vaciló y se separó un poco de él. Frunció el ceño con incredulidad.

–¿No quieres que te acaricie? –preguntó él mientras le deslizaba la mano por el escote–. Pensaba que sí, porque eso es lo que yo quiero, Juliet. No te haces una idea de cuánto.

–¡Claro que quiero!

Juliet habló con voz entrecortada, y él, sorprendido, se dio cuenta de que estaba nerviosa. Ella, que había estado seis años casada, estaba nerviosa. ¿Qué le había hecho aquel canalla? No estaba seguro de si el canalla era su ex marido o Cary, pero era evidente que tener sexo con él la inquietaba. Se acercó más a ella y la levantó, por lo que Juliet se vio obligada a poner ambas piernas alrededor de su cintura.

–Vamos a dejar de fingir –dijo Rafe con voz ronca–. Me deseas y te deseo. ¿Tengo razón?

–Sí, sí –hablaba entre jadeos–. Pero... estoy...

–Comprometida. Ya lo sé.

–No –Juliet ocultó la cara entre las manos–. Quería advertirte que esto no se me da muy bien.

–¿Te lo ha dicho Cary?

–No. David –dejó escapar un sollozo.

–¿Y Cary? –no quería preguntárselo, pero tenía que hacerlo.

–No me he acostado con él –reconoció con sinceridad–. Ni siquiera sé si esto está bien –añadió con voz vacilante.

–Confía en mí: es lo único que hay que hacer –dijo Rafe tratando de no aullar de felicidad mientras la llevaba hasta la cama y la dejaba en ella–. Créeme. Hemos llegado demasiado lejos para tener dudas.

–Lo sé. No tengo dudas, pero...

–No hay peros que valgan –apoyó una rodilla en la cama y le acarició la mejilla–. Tranquilízate, cariño. No voy a hacerte daño –aunque le resultaba tremendamente difícil actuar con lentitud, al verla allí tendida, tan seductora sin ser consciente de serlo. Ansiaba poseerla. Lo único que de verdad quería era arrancarle al ropa e introducir su ardiente masculinidad entre sus piernas.

Sin dejarla de mirar a los ojos, se quitó la chaqueta. Se sentó sobre la pierna apoyada en la cama y deslizó la mano desde la mejilla de Juliet hasta su escote. Introdujo los dedos por debajo de la tela y descubrió, como había previsto, que no llevaba sujetador. Le desabrochó con torpeza cuatro de lo botones que descendían del escote a la cintura y le abrió el vestido. Sus senos eran firmes y redondos, y estaban inflamados de deseo.

–Juliet –dijo con voz ronca mientras se inclinaba hacia ella. Le agarró uno de los pezones con los dientes y oyó cómo ella inspiraba de forma convulsiva. Le rodeó la punta con la lengua y probó su dulzura. Después masajeó la suave carne con una urgencia casi dolorosa antes de introducirse toda la areola en la boca.

Juliet clavó las uñas en la colcha, consciente de que lo que le hacía le estaba provocando un nudo en el estómago y una palpitación entre las piernas. Le dolían los senos y quería abrir las piernas y que él la acariciara también allí. Pero no podía decírselo. No era de esa clase de mujeres.

Rafe alzó la cabeza. Sus ojos eran oscuros y sensuales, y ella tuvo un escalofrío al prever lo que vendría después.

–Ayúdame –dijo él indicándole los botones.

Juliet tenía los dedos sudorosos, pero no se negó. Los desabrochó y levantó las manos para tomar la cara de él entre ellas y llevar su boca a la suya. Mientras él la besaba largamente, se sintió mareada, débil y lánguida a causa del deseo. No recordaba haberse sentido así antes con nadie, ni siquiera con David. Rafe se separó por fin y ella protestó con un gemido.

–Llevamos mucha ropa puesta –le dijo mientras le acariciaba el muslo–. Dime cómo demonios se quita este vestido

–Déjame a mí –dijo ella, demasiado excitada para mostrar reticencia. Se sentó y se sacó el vestido por la cabeza. Había algo liberador en que no le diera vergüenza que la viera desnuda, y se alegró de haberse desprendido de toda inhibición al ver el deseo en estado puro en la mirada de él. Sin embargo, cuando descendió hasta el tanga, que era lo único que ya llevaba puesto, no le resultó fácil resistirse a la necesidad instintiva de cubrirse. En otra época, en otro lugar, no se habría atrevido a ser tan desvergonzada. Pero allí se permitió gozar de la mirada de admiración de Rafe.

Cuando éste introdujo un dedo en la cinturilla del tanga y se la bajó, le entró pánico. Y cuando el mismo dedo se deslizó hasta los rizos que ocultaban su feminidad, tuvo que recurrir a todo el control que le quedaba para seguir allí sin cruzar las piernas.

–¡Por Dios, Rafe! –no pudo evitar decir.

–¿Qué? –preguntó él aunque sabía muy bien por qué estaba tan agitada–. ¿Estoy haciendo algo mal? Tal vez debieras mostrarme lo que te gusta.

–Me gusta todo –confesó ella con voz ahogada–. Por favor, Rafe –prosiguió sin estar segura de lo que le pedía.

Rafe farfulló un juramento y ocultó el rostro entre sus piernas. Su olor era delicioso y su sabor, aún mejor. Tuvo la tentación de utilizar la lengua para que ella alcanzara el clímax en su boca, pero la urgencia sexual que sentía le impedía ser tan generoso. No estaba seguro de poder esperar tanto para hallar alivio. Se obligó a ser paciente. Se sentó y se quitó el jersey. Después se desabrochó el cinturón y el botón de la cintura del pantalón. No se abrió la bragueta porque sabía que, si lo hacía, no podría contener la erección. Deseaba a Juliet intensamente, pero, en el estado en que se hallaba, no podía hacer mucho.

Juliet abrió los ojos cuado él se quitó el jersey y le vio el pecho moreno con el vello que descendía en forma de flecha hasta el ombligo y desaparecía en la cintura del pantalón, tentándola a descubrir adónde iba. Que Rafe le quitara el tanga hizo que se lo pensara dos veces. No estaba acostumbrada a que la desnudara un hombre, nunca había compartido el placer que residía en participar en la propia seducción. David había dejado que fuera ella quien se denudara, incluso durante la luna de miel. Y le había hecho el amor sin ningún tipo de juego previo. La había poseído con tan poca delicadeza como había hecho todo lo demás. Entonces, a Juliet le había parecido una experiencia muy desagradable, por no decir dolorosa. Y después se había mostrado rígida y poco receptiva siempre que él quería tener relaciones. Había pensado que tal vez por eso se había cansado de ella, siempre dispuesta a echarse la culpa de los errores de su marido.

Pero ya sabía que no tenía toda la culpa. Cuando Rafe le quitó una media y la besó desde el empeine hasta la parte interior del muslo, apenas consiguió esperar a que le quitara la otra y repitiera la experiencia. Estiró las piernas de forma intuitiva y con las palmas entre los muslos las mantuvo abiertas.

Rafe gimió. Su inocente forma de tentarlo le provocó un verdadero dolor en la entrepierna. Se hallaba tan receptiva, tan dispuesta para él, que le resultaba increíble. ¿Se daba cuenta de lo que le estaba haciendo? Sin apartar la mirada de sus ojos, se quitó rápidamente los pantalones y los calzoncillos. Después, consciente de que ella también lo observaba, se estiró sobre ella.

—Lo tienes muy grande, ¿verdad? —susurró ella.

—El tamaño no lo es todo —murmuró él tratando de mantener la cordura. Pero cuando ella lo abrazó, perdió el control.

Juliet percibió de inmediato el momento en que su erección tanteaba su vagina. Y aunque, unos momentos antes, estaba totalmente relajada, de pronto dejó de parecerle tan fácil lo que iba hacer. Quizá fuera frígida, pensó presa de pánico, como le había repetido David. El juego previo era una cosa, pero dejar que un hombre la poseyera era otra muy distinta.

Rafe se dio cuenta de que su receptividad se transformaba en rechazo. Volvió a pensar en lo que le habría hecho su marido para que le diera tanto miedo entregarse.

—Todo va bien —le dijo al tiempo que le ponía la mano en el centro inflamado que antes había probado. Lo masajeó suavemente y sintió que el cuerpo de ella se relajaba, lo que aprovechó para introducirse en él.

Ella se puso tensa de nuevo, pero, entonces, sus músculos comenzaron a actuar con independencia de su voluntad, abriéndose y rodeándolo en su cavidad resbaladiza. Dejó escapar un suspiro cuando él la penetró por completo. La aprensión iba dejando paso a la anticipación, y comenzó a excitarse de nuevo. Se dijo que aquél no era David. Era Rafe, y quería compartir el placer con él.

—¡Dios mío! —gimió dando rienda suelta a sus emociones, y lo miró con ojos implorantes—. Hazlo, por favor, Rafe. Te necesito ya.

«Como si pudiera hacer otra cosa», pensó Rafe con ironía. Pero nunca había hecho el amor con una mujer sin darle tanto placer como ella a él.

—Si estás lista, cariño —murmuró, consciente de que

su propio temblor–. Tranquilízate. Quiero enseñarte lo maravilloso que es.

Al principio se movió lentamente, retirándose hasta casi separarse de ella para luego volver a penetrarla. Ella gimió, y el se inclinó para callarla con sus besos. Después, mientras la acariciaba, repitió los mismos movimientos, y sintió que los músculos femeninos lo apretaban con un propósito evidente. Ella se arqueó hacia él apremiándolo, y justo como él había esperado, su nerviosa respiración se aceleró al igual que la de él. Juliet dio un grito y lo rodeó con las piernas mientras él la penetraba profundamente. Pero la necesidad de él se había desenfrenado mientras ella se retorcía contra su cuerpo, y dejó que sus sentimientos hallaran alivio. Sintió el calor húmedo del clímax de Juliet unos instantes antes de estremecerse en éxtasis, derramando su semilla dentro de ella con agónico alivio.

Capítulo 12

¡POR Dios! Rafe abrió los ojos y vio que estaba tumbado sobre el cuerpo de Juliet, entre sus piernas abiertas. Todavía estaba dentro de ella, semiexcitado, y sólo necesitaría algo de estimulación para volver a endurecerse... ¡que era algo que no podía consentir! Ahogó una maldición y cerró los ojos para no ver la enormidad de su trasgresión. A pesar de su resolución contraria, había hecho el amor con la prometida de su primo. Todo el desdén que le producía la conducta de Cary, lo sentía en aquel momento hacia sí mismo. Abrió la boca para decir algo, para tratar de disculparse, pero se dio cuenta de que Juliet estaba profundamente dormida, con una pierna enlazada en una de las suyas y una mano sobre uno de sus muslos. Era evidente que estaba exhausta y que no se daba cuenta de las posibles consecuencias de lo que habían hecho.

Se dio cuenta de que aquel feliz estado no duraría. En cuanto ella abriera los ojos, en cuanto descubriera cómo se había aprovechado de su inexperiencia, se horrorizaría. Tal vez nunca lo perdonara ni entendiera lo mucho que se odiaba a sí mismo en aquellos momentos. ¿Cómo podía haber hecho algo así? Muy bien, ella era una delicia: sexy pero extrañamente inocente, y tan dulce. «Demasiado buena para Cary», pensó con arrogancia. Cary no la haría feliz. Era demasiado egoísta para preocuparse por alguien que no fuera él mismo. Pero ¿era él mejor? No supo responderse, aunque recordó que era él quien la había seducido, no su primo. A pesar de haber subido a su habitación con las mejores intenciones, para pedirle perdón por su conducta anterior, se la había llevado a la cama, lo cual constituía la peor de las traiciones.

Debía levantarse. Aparte de todo lo demás, tenía un calambre en el muslo. Seguir tumbado allí con la esperanza de que ella se despertara y le dejara hacerlo otra vez era de una maldad absoluta. Si le quedaba algo de cordura, lo que tenía que hacer era salir de allí antes de que la anciana terminara de jugar a las cartas y comenzara a preguntarse dónde estaban. No creía que a lady Elinor le pareciera bien lo que había hecho cuando había hecho lo posible para que Juliet y Cary no compartieran habitación.

Aunque logró ponerse de rodillas sin mucho esfuerzo y hubiera podido agarrar su ropa con facilidad y vestirse, se quedó donde estaba. Detestaba la idea de dejar sola a Juliet, ya que le produciría una impresión falsa. Por vil que hubiera sido su comportamiento, todavía le quedaba algo de respeto por sí mismo. Tampoco creía a que ella le sirviera de consuelo la preocupación tardía que le había entrado. Era para acallar la voz de la conciencia. ¿Por qué demonios no se iba? ¿Porque esperaba la absolución? Pues no la iba a obtener. Lo mejor era que se vistiera.

—¿Adónde vas?

Se estaba poniendo los calzoncillos cuando lo detuvo la voz somnolienta de Juliet. Rápidamente acabó de ponérselos y se dio la vuelta.

—Voy a ver cómo anda todo —murmuró, deseando haber hallado una explicación más satisfactoria. Tenía que haber pensado en lo que le diría antes de haber comenzado a vestirse.

—¿Qué importa?

Juliet se incorporó sobre los codos. La colcha que él

le había echado por encima se deslizó y descubrió sus senos perfectos. Rafe pensó que aquello no era justo, que él sólo era un ser humano. ¿No se daba cuenta ella del efecto que le producía? Claro que sí, pues su mirada somnolienta se había posado en el bulto de sus calzoncillos.

–Es posible que tu prometido te esté buscando.

–¿Y qué importa eso? Ah, ya lo entiendo –dijo con desdén volviendo a cubrirse con la colcha–. No pasa nada por tener relaciones sexuales con la prometida de tu primo siempre que no te descubran, ¿verdad?

Rafe cerró los ojos y deseó no haber comenzado todo aquello. Tenía que haberse marchado antes de que, debido a su torpeza al expresarse, ella hubiera creído que lamentaba lo ocurrido. Lo hacía, pero no por las razones que ella se imaginaba. De todas maneras era la prometida de Cary. Así que, ¿qué sentido tenía aquella conversación? Por atractiva que le resultara la idea, no creía que lo fuera a plantar por haberse acostado con él. Pero tenía que averiguarlo.

–¿Qué quieres decir? –le preguntó mientras agarraba los pantalones–. ¿Que lo que acabamos de compartir ha cambiado tus sentimientos hacia Cary? Hace dos días que nos conocemos, Juliet. ¿Esperas que me crea que te has enamorado locamente de mí y que quieres tener un hijo mío? Resulta muy halagador, pero ¿vas a romper tu compromiso para que podamos estar juntos?

Juliet tragó saliva y sintió todo el peso del engaño que había fraguado sobre los hombros. Rafe tenía razón. Todo lo demás eran fantasías suyas. Además, era evidente que él no deseaba lo mismo que ella, así que no tenía elección.

–No puedo –farfulló por fin sabiendo lo que él pensaría y hallando en ello cierto consuelo. Era mejor que creyera que era una cazafortunas en vez de una mujer de veintipocos años con más imaginación que sentido común.

—Ya me lo parecía —dijo Rafe con una expresión de desdén.

—No, no lo entiendes... —empezó a decir Juliet.

—Claro que lo entiendo —la interrumpió—. Entiendo perfectamente lo que quieres, y no es al nieto ilegítimo de la anciana.

Rafe estaba trabajando cuando alguien tocó en la ventana de su estudio. Tenía el estor bajado. No quería ver a nadie ni, desde luego, hablar con nadie. Se preguntó quién tendría el descaro de molestarlo a las ocho de la mañana de un domingo. Los irritantes golpecitos en la ventana volvieron a sonar. Trató de no hacerles caso. Según la anciana, sus invitados se marcharían aquella mañana, y no había motivo alguno para que pasaran por Polgellin Bay. A no ser que Cary hubiera averiguado...

—¡Rafe¡ ¡Maldita sea! Sé que estás ahí. Ten la decencia de abrirme la puerta y dejarme entrar.

No era Cary. Rafe debería haberse percatado de que sólo había una persona que pudiera venir a exigirle una explicación por su comportamiento de la noche anterior. Y no era lady Elinor. Se dirigió impaciente a la puerta, la abrió con violencia y miró con frialdad a la mujer que esperaba.

—¿Qué quieres?

Sin esperar a que la invitara, Liv Holderness entró en el estudio. Miró a su alrededor.

—¿Estás solo?

—¿Qué quieres, Liv? Creo que no habíamos quedado esta mañana.

—No —contestó sin dar importancia al mal humor de Rafe—. Pero me ha parecido que tal vez quisieras contarme lo que pasó anoche.

—¿Anoche? —preguntó Rafe con una mirada de sorpresa fingida—. ¿Te divertiste?

–Seguro que no tanto como tú –le espetó Liv con una nota de resentimiento en la voz–. ¿Por qué no me dijiste que estarías?

Rafe hizo una mueca. Esa pregunta ya se la había hecho otra persona en la que se esforzaba en no pensar, y no le gustó que llegara Liv para recordársela.

–No lo sabía. Recibí la invitación después de haberte marchado.

–Sí, claro.

–Es la verdad –Rafe trataba de controlarse–. Si eso es todo lo que tenías que decirme...

–No. ¿Sabes por qué te invitó lady Elinor?

–Entre gente educada, lo habitual es que haya el mismo número de hombres que de mujeres.

–No me trates como si fuera tonta.

–Pues no finjas que te importa por qué me invitaron. Estaba allí, y ya está. Si a tu marido no le gustó lo que se dijo, pídele explicaciones a Cary, no a mí.

–En realidad, Bobby se lo pasó bien. Se lleva muy bien con tu abuela.

–Se conocen desde hace muchos años.

–Te refieres a que tienen una edad más parecida que Bobby y yo.

–No he dicho eso.

–No, pero es lo que querías decir –bufó Liv–. Bueno, como parece que sabes tanto sobre mí, ¿por qué no me dices por qué estoy aquí?

–No me atrevería a afirmar que sé lo que piensas –dijo Rafe con ojos burlones.

–¡Estúpido!

–Me han llamado cosas peores –pensó que le había sucedido recientemente, y volvió a enfadarse porque el recuerdo de Juliet le desequilibraba y hacía que se le formara un nudo en el estómago. Durante un instante, tuvo la desagradable sensación de que Liv, por el modo de mirarle, le había adivinado el pensamiento.

–Muy bien –dijo al fin ella–. Entonces dime por qué te marchaste sin tomar con nosotros la última copa.

–Prefiero no beber cuando tengo que conducir. No tengo chófer.

–Podríamos haberte llevado nosotros –señaló Liv–. Pero no pudimos decírtelo –frunció el ceño–. ¿Por qué te marchaste así? Lady Elinor se disgustó.

–¿Ah, sí? –a Rafe no le importaba lo que lady Elinor opinara de su conducta–. Estaba cansado –murmuró con irritación–. Últimamente trabajo mucho, aunque supongo que eso es algo cuyo significado desconoces.

–Ya. ¿Así que tu marcha no tuvo nada que ver con... cómo se llama... Juliet?

–¿Juliet? –Rafe consiguió que su expresión no lo delatara–. No. ¿Por qué?

–Vamos –Liv no lo creía–, si te pasaste casi toda la velada con ella.

–¡Perdona! –Rafe se enorgulleció de la irritación que imprimió a su voz–. Pasamos una media hora juntos en la biblioteca viendo los cuadros. Después creo que se fue a su habitación y yo me quedé leyendo un rato –dijo Rafe mientras rogaba a Dios que le perdonara por mentir. Aunque se dijo que lo hacía para proteger a Juliet, la verdad era que trataba de salvar el pellejo.

–¿En qué crees que pensaba lady Elinor cuando prácticamente os empujó a los dos hacia la biblioteca? No es juego limpio hacer que la prometida de Cary se queda a solas con otro hombre.

–Cuando conozcas mejor a la anciana, te darás cuenta de que las palabras «juego limpio» no forman parte de su vocabulario –dijo Rafe en tono seco–. Bueno, ¿te marchas ya? He perdido mucho tiempo.

Juliet y Cary llegaron a Londres a última hora de la tarde. Él había ido a ver a su abuela antes de marcharse, quizá con la esperanza de que convenciera a Juliet de que se quedara más tiempo. Pero Hitchins había impedido que su visita fuera larga, y la anciana no pareció sentir que se marchara. Mientras conducía, Cary echó la culpa a Rafe de que la anciana no le hubiera hecho caso la noche anterior. Juliet tenía dolor de cabeza y no estaba de humor para soportar otra de las rabietas de Cary. Pero aquella acusación la hirió en lo más vivo.

—Si Rafe no hubiera intervenido, te habrías metido en un buen lío. No eres nada sutil. Todo los que supieran algo de la carta del constructor se dieron cuenta de que la habías leído.

—No creo.

—Claro que sí —respondió Juliet con impaciencia—. ¿Por qué, si no, te pidió a ti y no a Rafe que jugaras a las cartas? Para castigarte. Sólo cabe esperar que se le haya olvidado en tu próxima visita.

—Sí, en mi próxima visita. ¿Y qué va a decir cuando me presente sin ti?

—Cary, sabes que me presté a fingir sólo una vez. Y tendrías que haberte dado cuenta de que lady Elinor se sentiría decepcionada cuando supiera que... hemos roto, que es lo que creerá.

—Supongo que no querrás...

—¿Repetir la experiencia? —Juliet lo miró incrédula—. ¿Lo dices en serio?

—¿Por qué no? Esta vez nos ha salido bien. Nadie sospecha que no somos pareja.

—Ya —reconoció Juliet—. Pero no volvería a repetirlo. Es detestable. Me siento sucia.

—¡Por favor! Si te ha gustado. No digas que no. Deberías estarme agradecida. La gente en tu situación no suele tener una segunda oportunidad de lograr algo en la vida.

—¿De verdad crees que fingir que soy tu prometida es lograr algo en la vida?

Cary se quedó en silencio y, durante unos instantes, Juliet creyó que se había dado cuenta de que tenía razón y no quería insistir. Pero volvió a hablar.

—No tiene por qué ser algo fingido —observó con cautela.

—¿Qué? —Juliet lo miró boquiabierta.

—No pongas esa cara. Te estoy pidiendo que te cases conmigo —se echó a reír con alegría—. ¿Cómo es que no se me había ocurrido antes? Necesito esposa y tú necesitas un empleo. ¿No te parece un buen trato?

Capítulo 13

RAFE giró en la pista hacia Tregellin y condujo resignadamente hacia la casa. No había visto a la anciana desde la desastrosa noche de la cena, dos semanas antes, y no estaría allí si no hubiera sido por las llamadas desesperadas de Josie, la última aquella misma mañana

—Tienes que venir. Estoy muy preocupada por ella. Vuelve a estar acatarrada y no se cuida.

—Pues llama al médico –le había recomendado Rafe, como todas las veces anteriores. Aún no se había recuperado de la impresión de ver los cuadros de su madre y lo suyos en la biblioteca ni de su relación sexual con Juliet. La anciana tenía que darle muchas explicaciones y, francamente, no se sentía obligado a preocuparse por ella. Y, sin embargo, allí estaba. Aunque se dijera que lo hacía por Josie, lo cierto era que le preocupaba lo que le ocurriera a la anciana. Al fin y al cabo, era su abuela, por mucho que ambos lo deploraran.

Aparcó en el sitio habitual. No hacía frío, pero llovía. Se dirigió a la puerta trasera de la casa. Josie, como siempre, estaba en la cocina. Cuando Rafe abrió la puerta, Hitchins corrió a olisquearle las piernas.

—Gracias por venir, Rafe –le dijo Josie con afecto y una sonrisa de alivio–. Te hemos echado de menos –sollozó.

—De nada. He pasado por el supermercado –dijo mientras señalaba las bolsas que había dejado en la mesa.

–Eres demasiado bueno con nosotras. ¡Oh! ¡Salmón ahumado! –exclamó mientras las vaciaba–. Quizá consiga convencer a Elinor de que coma un poco.

–¿No come? –preguntó Rafe con el ceño fruncido.

–Casi nada. No está bien desde que tuvo la infección en el pecho. Ella insistió en que era un resfriado, pero estoy segura de que era gripe. La tos no se le ha quitado del todo.

–Entonces, ¿por qué no has llamado al doctor Charteris? –preguntó Rafe un poco angustiado.

–Lo hice, y vino. Pero ella se negó a recibirlo. Me dijo que no me metiera en sus asuntos.

–¡Vieja loca! –murmuró Rafe–. ¿Por eso me has llamado tantas veces?

–Eres al único al que tal vez escuche –dijo Josie a la defensiva–. Tiene un altísimo concepto de ti, ya lo sabes, a pesar de que no te lo demuestre. Está muy orgullosa de ti.

–Supongo que sabías lo de los cuadros.

–Lo sabía –asintió Josie de mala gana tras haberse sonrojado–. Pero me pidió que no dijera nada.

–Así que mantuviste el secreto. ¿Cuándo iba a decírmelo la anciana? ¿Y por qué aquella noche precisamente, así, sin avisar?

–No lo sé –Josie estaba tan perpleja como él–. Quizá porque viniste a cenar.

–¿Y por qué los colgó en la biblioteca? No me digas que fuiste tú quien movió la librería y los colgó, porque no me lo creo. ¿Fue Cary? –le preguntó con una mirada suspicaz.

–¡No, por Dios! –exclamó Josie con vehemencia–. Cary no sabe nada de los cuadros, y dudo que le gustara enterarse –lo miró directamente a los ojos–. La anciana se lo pidió a Jem Helford, que vino con su hijo el sábado por la mañana, y en tres horas dejaron todo listo.

–Pero ¿por qué?

—Tendrás que preguntárselo a lady Elinor.

—¿Dónde está? ¿En el invernadero?

—No, aún está en la cama. Se ha acostumbrado a levantarse cada vez más tarde. Hay días que ni se levanta.

—Pero ¿no es eso mucho trabajo para ti? —preguntó Rafe—. ¿Tener que subir y bajar escaleras?

—Me viene bien —afirmó Josie—. Y si subo y bajo no es por ella. No me pide nada, ni siquiera la comida.

Rafe dejó escapar una maldición. Las cosas estaban mucho peor de lo que había supuesto y, como de costumbre, se sentía culpable por no haber estado allí. Salió de la cocina y subió las escaleras de dos en dos. Al llegar a la habitación de lady Elinor, se detuvo para recuperar el aliento. La anciana no debía darse cuenta de que estaba preocupado por ella. Llamó a la puerta con fuerza. Después de unos instantes de silencio, se oyó una débil voz.

—Entra Raphael, si tienes que hacerlo.

Éste se tragó el resentimiento que sus palabras le causaban y se obligó a sonreír.

—Hola. ¿Sabes qué hora es? —habló en tono despreocupado, pero el aspecto de la anciana le impresionó.

Estaba muy pálida. El pelo le caía como un manto gris sobre los hombros delgados. Recostada sobre las almohadas, aparentaba los ochenta años que tenía

—Creo que son más de las doce —dijo ella con cierto deje de impaciencia—. ¿A ti qué más te da? Últimamente no parece preocuparte lo que me ocurra.

—Eso no es cierto —dijo él con suavidad después de tragarse la primera respuesta que iba a darle—. ¿Por qué no me llamaste si querías verme?

—¿Para que me dijeras que no tenías tiempo de venir a ver a una vieja a la que ambos odiáis y despreciáis? ¡De ninguna manera!

—No te odio ni te desprecio —murmuró él suspirando—. ¿Quién te ha metido eso en la cabeza?

–¿Qué otra cosa voy a pensar cuando no me has dicho nada sobre la exposición que te preparé? Me parecía evidente que estabas furioso conmigo por esa artimaña sin importancia y que por eso no venías. Y no hablemos del modo insultante en que te marchaste hace dos semanas, sin ni siquiera darme las gracias por mi amabilidad al haberte invitado.

–¿Por tu amabilidad? –Rafe pensó que aquello era demasiado–. No fue amable en absoluto enfrentarme a unos cuadros que creí haber vendido hace años. ¿Y cuánto hace que tienes los cuadros de mi madre? Me hiciste creer que todo lo suyo se había perdido o destruido después de su muerte.

–¿Cuando se suicidó? –preguntó lady Elinor ante la estupefacción de Rafe–. Raphael, no consientes que nadie sea vulnerable –la voz le tembló ligeramente–. ¿Cómo crees que me sentí cuando supe lo que había pasado? Christina era mi hija y la quería mucho, pero me abandonó por un italiano que la trataba tan mal que tuvo que huir.

–¡No es verdad! –Rafe la miró con ojos torturados–. Sé que mi padre a veces la trataba mal. Recuerdo las peleas que tenían, las discusiones que duraban horas. Pero mi madre no se suicidó; se cayó del balcón de un hotel.

–Eso es lo que decidí decir a todo el mundo. Eras un niño muy sensible. No sabía el daño que podía causarte saber que tu madre se había suicidado. Durante años pensé que nunca te lo diría. Pero ya eres un hombre y no puedo seguir soportando ese peso yo sola.

–Entonces –dijo Rafe mientras agarraba una silla y se sentaba frente a ella–, dime lo que de verdad sucedió. ¿Se mató por mi padre?¿Es eso lo que intentas decirme?

–No. No es tan dramático. Christina tenía algo de dinero, así que huyó contigo a Suiza. Por desgracia, empezó a beber. Después de marcharse de Italia, pintó muy poco, y estoy segura de que empezó a quedarse sin dinero. Un noche se subió a la barandilla del balcón del hotel donde os alojabais y, según unos testigos, saltó al vacío. Se cayó, si quieres decirlo así. Pero hubo pocas dudas sobre sus intenciones. Me había escrito una carta, que me llegó dos días después, en la que me pedía que, si moría, te trajera conmigo a Inglaterra y te diera un hogar.

Rafe gimió y se tapó la cara con las manos.

—¿Por eso nunca te he gustado? —preguntó a la anciana.

—No sé de qué me hablas, Raphael. Te quiero, siempre te he querido, desde el momento en que te vi en la guardería en Suiza —la anciana sollozó mientras agarraba un pañuelo—. Te habían puesto con los niños más pequeños, pero te reconocí inmediatamente. Eras tan alto, tan guapo, tan parecido a Christina que me dieron ganas de llorar. Ni siquiera pensé en ponerme en contacto con tu padre. Eras el hijo de Christina, mi nieto, y eso era lo único que importaba. Más tarde, como creo que te dije, hice algunas averiguaciones y supe que tu padre se había matado en un accidente de coche poco después de que tu madre lo abandonara. Pensé que tal vez fuera eso lo que la llevó a hacer lo que hizo, pero nunca lo sabremos. Lo importante era que había recurrido a mí cuando me necesitó. Tú estabas aquí, en Tregellin, y, creas lo que creas, nunca lo he lamentado.

Rafe no sabía qué pensar. Al llegar allí, no tenía ni idea de que la anciana le iba a dar aquella noticia, que había caído sobre él como una bomba. Pero tenía lógica. Ya era mayor y se daba cuenta. Su madre había sido una mujer apasionada y emotiva, por lo que encajaba que hubiera tenido una muerte del mismo tipo.

—¿En qué piensas? —lady Elinor lo miraba angustiada.

—Pienso que he debido de ser muy duro para ti —reconoció él con sinceridad–. No debe de haber sido fácil perder a tus dos hijos antes de que cumplieran cuarenta años.

–Sí –la anciana ahogó un sollozo–. La muerte de Charles también me dejó destrozada. Después de vivir sola durante años, de pronto tenía a dos niños que cuidar. Pero creo que fuisteis Cary y tú los que me mantuvisteis cuerda.

–¿Por qué me dijiste que todas las pertenencias de mi madre se habían perdido o destruido?

–Porque era lo más fácil para mí –confesó lady Elinor con pesar–. Tardé muchos años en perdonar a Christina por lo que hizo. Una cosa era tener conmigo a su hijo, y otra muy distinta, estar rodeada de sus cuadros, que era lo que la habían separado de mí. Así que los guardé en el ático junto con tus cuadros, que compré por intermedio de otra persona, el abogado de Brodmin. Sabía que no me lo perdonarías, así que no te lo dije.

–Pero ¿por qué lo hiciste?

–¿No lo adivinas? Pensé que si compraba tus cuadros, ningún coleccionista los vería. Ya había perdido a mi hija por su amor al arte y temía perderte a ti del mismo modo.

Rafe la miró fijamente durante unos instantes y luego se levantó y fue a sentarse en el borde de la cama.

–No me perderás nunca –dijo con brusquedad mientras la abrazaba–. Aunque seas una vieja cascarrabias, eres mi abuela, y eso es lo que importa.

Lady Elinor lo abrazó sólo durante unos segundos. Después, con una agilidad impropia de su edad se separó de él.

–Estaba en lo cierto. Eres igual que tu madre. No puedo soportar tanta emoción. Vamos a hablar de otra cosa –la voz había cobrado fuerza y había un toque de color en sus mejillas–. ¿Me has perdonado por hacerte pasar la velada con Juliet?

–¿Qué tengo que perdonarte? –Rafe se levantó y se puso a pasear inquieto por la habitación–. Aunque me parece que a Cary no le sentó nada bien.

–¿Tú crees? Bueno, quizá porque eras tú. Pero ¿no te parece que Cary se portó con extrema caballerosidad con su prometida? Me pregunto cuál es la naturaleza exacta de su compromiso. ¿Sabes que Juliet dejó aquí el anillo de tu madre?

Rafe no lo sabía. Aquélla era su primera visita a Tregellin desde aquel fatídico fin de semana.

–Supongo que Cary querrá comprarle otro –observó en tono despreocupado–. Y supongo que estarás contenta de que te lo haya devuelto.

–¿Qué te parece Juliet? –le preguntó la anciana en tono áspero–. Josie está convencida de que el compromiso no durará. Cree que Juliet tiene más cosas en común contigo

–¿Estás de broma?

–No. Josie tiene todo el derecho a decir lo que piensa.

–Pues claro, pero...

–¿Quieres decir que nunca has pensado en ella de esa forma? –le tanteó la anciana.

–Por supuesto que he pensado en Juliet de esa forma –murmuró Rafe tras decidir que no valía la pena negarlo–. Es una hermosa mujer. Habría que estar ciego para no darse cuenta.

–Y tú no lo estás, ¿verdad, Raphael? –lady Elinor observó en tono seco–. No si la mitad de las historias que me han contado son ciertas.

–No deberías creerte todo lo que te cuentan.

–No lo hago. Pero esta vez estoy de acuerdo con Josie. Juliet es demasiado buena para Cary. Esperemos que se dé cuenta a tiempo.

Capítulo 14

LA carta estaba en el buzón cuando Juliet volvió de trabajar. No estaba acostumbrada a que hubiera correo, salvo en el caso de que fueran facturas. Metió la carta en el bolso y se preguntó si tendría algo que ver con David. Pero su ex marido no se había vuelto a poner en contacto con ella, y era poco probable que hubiera regresado a Inglaterra. De hecho, esperaba no volver a verlo nunca más.

Entró en su apartamento, donde el aire era sofocante, debido a que era verano. Abrió las ventanas para que entrara un poco de fresco. Necesitaba una ducha, pensó mirando la mancha de tomate que le había echado un niño en el autobús. Los padres no deberían permitir a sus hijos comer hamburguesas en un transporte público y creer que todo se arreglaba con una disculpa. Trabajar en una pequeña boutique implicaba ir bien vestida, a pesar de tener que llevar la falda demasiado corta y el escote demasiado profundo. Pero al encontrar trabajo, Juliet se había sentido tan agradecida que no quiso discutir. Tampoco pensaba quedarse allí más de lo necesario. Se había matriculado en un curso de informática por las tardes para intentar encontrar un empleo más interesante antes de que acabara el año. Su profesor le había dicho que tenía talento para la programación informática.

Al volver de Cornualles, se había negado a tomar el dinero de Cary. Ya se sentía bastante mal sin aceptar aquel dinero que sospechaba que pertenecía a lady Elinor. Empeñó el reloj para salir adelante, y la carta de recomendación que le había dado Cary fue suficiente para la dueña de la boutique.

Decidió no seguir posponiendo la lectura de la carta. Fue a la cocina, la abrió y vio que era de un bufete de abogados de Bodmin. El corazón se le detuvo y la mano con la que sostenía la carta le comenzó a temblar mientras la leía. La carta la informaba de la muerte de lady Elinor Margaret Daniels en Tregellin, Cornualles, y la invitaba a la lectura de su testamento, que tendría lugar el lunes siguiente después del funeral y el entierro. Juliet se dejó caer en la silla más cercana. Estaba mareada y temblorosa, y le resultaba imposible creer lo que acababa de leer. La indomable anciana había muerto. ¿Cómo estaría Rafe? Era evidente que quería a su abuela. En cuanto a Cary, heredaría Tregellin y vendería la casa, que era lo único que le interesaba. Pero Rafe era distinto. Aunque él no lo había dicho, tenía la impresión de que estaba apegado a aquel lugar. Lo había defendido cuando Cary había hablado de venderlo. Pero una vez desaparecida la anciana, nada impediría a su primo hacer lo que quisiera. ¡Oh, Rafe...!

Incapaz de permanecer quieta, Juliet se levantó y se puso a pasear por el apartamento. Había intentado por todos los medios no pensar en Rafe desde que había vuelto a Londres, y casi lo había conseguido. El tiempo lo curaba todo. Lo había aprendido cuando murió su padre y cuando David la traicionó. Esperaba en el futuro ser capaz de pensar en Rafe sin emocionarse, pero aún faltaba bastante para eso.

El fin de semana en Tregellin le parecía un sueño. Aunque había sido muy real, y había sido ella la que lo había convertido en una ilusión al fingir que era la prometida de Cary y al engañar a todo el mundo, especialmente a Rafe. Y lady Elinor acababa de morir, posiblemente creyendo que Cary y ella se casarían. ¿Por qué, si no, la invitaban a la lectura del testamento? Se sentía terriblemente avergonzada, pues había sido una embustera. No tenía derecho a inmiscuirse en los asuntos de lady Elinor. Escribiría al abogado, Peter Arnold, y le diría que Cary y ella habían dejado de verse. Contarle la verdad, que nunca habían estado prometidos, requeriría demasiadas explicaciones, y ni siquiera estaba segura de que lo que habían hecho fuera legal.

Volvió a leer la carta. Se trataba de una reunión familiar y no pintaba nada en ella. Mandaría una nota dando el pésame a la familia y excusaría su asistencia diciendo que no podía dejar el trabajo. Pero, cuando los ojos se le llenaron de lágrimas, se percató de que no quería rechazar la invitación. Lady Elinor le había gustado mucho. Había sido muy amable con ella al ofrecerle el anillo. Sentía mucho su muerte y le gustaría presentarle sus últimos respetos en persona.

Si iba al funeral, volvería a ver a Rafe, pero se dijo que no sería un problema. Como no había sabido nada de él desde su vuelta, era evidente que lo que había pasado no había significado lo mismo para él que para ella. Además, ya sabría que era una embustera. Cary no habría podido prolongar el engaño.

Al acostarse seguía sin haber tomado una decisión. Pensó en la pobre Josie, que estaría destrozada. Lady Elinor y ella llevaban juntas mucho tiempo. Y cuando se vendiera Tregellin, se quedaría sin hogar, pues Cary no pensaría ni un solo minuto en ella..

Tras pasar una noche agitada, decidió llamar por teléfono al abogado para decirle que iría al funeral, pero no a la lectura del testamento.

–¿Señorita Lawrence? ¿Qué desea? Mi padre está ocupado con otro cliente. Soy su hijo, Stephen Arnold.

Juliet le explicó brevemente el motivo de su llamada. Sin entrar en detalles, le dijo que ya no estaba relacionado con la familia Daniels, que deseaba acudir al funeral, pero que no se quedaría a la lectura del testamento, ya que haberla invitado había sido un error.

–No –Stephen Arnold fue muy claro al respecto–. Es usted una de las beneficiarias, señorita Lawrence.

–Eso es imposible –dijo Juliet casi sin respiración–. No formo parte de la familia.

–Mi padre ya lo sabe, señorita. Pero lady Elinor era una mujer decidida. Cuando testó a su favor, dijo que era usted una joven a la que admiraba.

–¿Que me admiraba? –Juliet creyó morirse de vergüenza. ¡Ojalá le hubiera dicho la verdad a la anciana! ¡Ojalá hubiera tenido agallas para rechazar el dinero de Cary desde el principio! Ya era demasiado tarde para enmendar las cosas.

–¿Vendrá entonces el lunes por la tarde? –le preguntó amablemente Stephen Arnold–. Mi padre está deseando conocerla.

Después de colgar, Juliet se quedó mirando el teléfono de la oficina de la boutique, desde donde había llamado. Sandra Sparks, su jefa, mirándola con simpatía, le preguntó si tenía algún problema.

–Y que lo digas. ¿Podría tomarme el lunes que viene libre? Tengo que ir a un funeral.

–¿De un familiar?

–No.

–Los empleados sólo pueden librar para acudir al funeral de un familiar –dijo Sandra–. Lo siento, Juliet, pero no te puedo dar permiso.

–¡Pero tengo que ir! –exclamó Juliet–. Lo he prometido. Es importante, Sandra. Si no, no te lo pediría.

–¿Dónde es el funeral? Quizá podría dejar que te ausentaras durante un par de horas, siempre que no lo comentes con las demás chicas.

–Un par de horas no son suficientes. Tengo que ir a Cornualles, a un sitio que se llama Tregellin. Lady Elinor Daniels es... era una persona a la que conocía hace tiempo –explicó Juliet exagerando la realidad.

–¿Lady Elinor Daniels? –Sandra estaba impresionada–. ¿Era tu madrina?

–Es una larga historia. Conocía a mi padre. Hace unos días estuve en su casa. Significaría mucho para mí poder despedirme de ella –Juliet se dio cuenta de que Sandra se estaba ablandando.

–¿Y sólo necesitarías un día?

–Me iría el domingo y volvería el lunes por la tarde.

Así que seguían juntos. Era lo que había dicho Cary, aunque Rafe se había negado a creerlo. De hecho, la última vez que Cary había ido a ver a su abuela, Juliet no lo había acompañado. Cary se había inventado la excusa de que estaba resfriada y no quería contagiar a lady Elinor, pero Rafe lo había mirado con aire suspicaz, aunque no estaba tan convencido como para haber llamado a la propia Juliet y habérselo preguntado. Mientras observaba a la pareja que se hallaba frente a él en la tumba, Rafe pensó que había sido lo mejor, dadas las circunstancias. Pero eso no impedía que estuviera muy enfadado, tanto que la rabia lo ahogaba. Y no quería analizar por qué. Tal vez porque había esperado no volver a verla, que hubiera tenido un resto de decencia para no presentarse en el entierro de su abuela como si tuviera derecho a estar allí. ¿No tenía vergüenza? Cuando habían hecho el amor estaba comprometida con Cary, y seguía estándolo. ¿Cómo podía estar allí, al lado de Cary, como una mosquita muerta, cuando él sabía hasta dónde podía llegar?

Apretó la mandíbula con tanta fuerza que le rechinaron los dientes, y Josie lo miró con curiosidad. Tenía los ojos hinchados de llorar.

–¿Qué te pasa?

–¿Qué me va a pasar? –observó Rafe con amargura–. La anciana ha muerto y Cary no ve el momento de disponer de Tregellin. Todo va de perlas.

–No saques conclusiones precipitadas, Rafe –dijo Josie con suavidad–. A pesar de que tu abuela era anciana, no era tonta. Creía que, al ver los cuadros, te habrías dado cuenta de que ella también tenía sus secretos.

–¿Cómo que también? Yo no tengo secretos. Mi vida es un libro abierto.

–¿Ah, sí? Bueno, pronto saldremos de dudas. Cuando el señor Arnold lea el testamento.

Rafe puso mala cara. Habría preferido no acudir a la lectura. Era una tremenda hipocresía que todos se reunieran para ver lo que les había dejado su abuela. Cary, y aparentemente Juliet, estarían allí. ¡Carroñeros! Eran tal para cual.

A pesar de todo, no podía dejar de pensar en la última vez que había visto a Juliet, lo desvergonzadamente hermosa que estaba cuando le dijo que no tenía intención alguna de romper su compromiso. Durante los tres meses que habían transcurrido desde su partida, había llevado una vida monacal. Nunca había sido precisamente promiscuo, pero tampoco había sentido tanta aversión a acostarse con otra mujer. Quizá era eso lo que le pasaba. No era sólo el hecho de ver a Cary y Juliet juntos, sino el llevar varios meses sin tener relaciones sexuales. Cuando aquella lamentable charada terminara, iría a Bodmin, se emborracharía y buscaría una mujer, la que fuera con tal de que borrara de su mente a Juliet.

Ésta, mientras tanto, había percibido las miradas fulminantes que le lanzaba Rafe. Se daba cuenta de que había sido una tonta al dudar de cuáles serían sus sentimientos hacia ella: no quería que estuviera allí, era evidente. Su relación sexual era algo que Rafe prefería olvidar. Era cierto que ella era culpable de no haberle dicho la verdad cuando le preguntó si rompería el compromiso, pero optó por callarse porque, dijera lo que dijera, Cary saldría malparado. Y era evidente, por la actitud de Rafe, que no había querido enterarse de que habían roto en cuanto volvieron a Londres. Suspiró, y Cary la miró. Pensó con amargura que lo único que éste quería era conocer el testamento, que ninguno de los presentes se hacía ilusiones sobre el verdadero motivo de su presencia allí.

En aquel momento, Rafe se inclinó para arrojar un puñado de tierra sobre el ataúd. Luego se dirigió con paso decidido hacia donde estaban los coches. Juliet lo vio y decidió ir tras él.

—¿Adónde vas? —Cary la agarró del brazo.

—¿A ti qué te importa? Te veré en la casa.

—Quieres hablar con él, ¿verdad? —le preguntó en tono airado—. Pues olvídalo. Soy yo con quien te tienen que ver.

—¿Por qué?

—Porque siguen creyendo que somos pareja —murmuró Cary de mala gana—. ¿Qué iba a decir? —se justificó ante la mirada de horror de Juliet—. ¿Querías que la anciana supiera que le había mentido?

—¿Así que piensas que tú eres el único motivo por el que me han invitado? Esto es increíble —lo miró con desprecio—. Pues más vale que digas a todos que nuestro «compromiso» se ha acabado Y no me sigas, a menos que quieras que proclame a los cuatro vientos que nunca lo hubo.

Rafe la vio acercarse mientras esperaba a Josie apoyado en una de las limusinas. Pensó de forma infantil que no sería él quien hablara primero. No quería su compasión. Pero el hecho de volver a tenerla tan cerca lo alteraba. Parecía tan inocente, pensó con amargura.

—Hola —lo saludó ella al ver que no hablaba—. Quería decirte cuánto lamento que lady Elinor haya fallecido. Parecía tan fuerte y tan vital que me quedé atónita al recibir la carta del señor Arnold.

–¿Arnold te ha escrito? –preguntó Rafe levemente interesado–. ¿Para qué?

–No lo sé. Lo llamé por teléfono porque me parecía que debía de haber un error. Pero me dijo, bueno, su hijo me dijo que no lo había.

–¿Es que Cary no te había dicho que su abuela estaba enferma? Perdona, pero me parece poco probable incluso tratándose de Cary.

–¿Cómo iba a decírmelo si no lo he visto desde que volvimos a Londres?

–¿Qué clase de relación tenéis? –Rafe no podía ocultar su ira–. Abierta, por supuesto. Pero fingir que no lo has visto...

–¡No lo he visto! No sé para qué te lo digo. Ya sabía que no me creerías. Como quieras –dijo Juliet mientras se daba la vuelta para irse–. Para que lo sepas, nunca hubo compromiso alguno. Cary me convenció de que hiciera el papel de su novia durante un fin de semana. No me dijo que diría que estábamos comprometidos. Accedí porque necesitaba dinero. Y prometió que me daría una carta de recomendación para buscar trabajo.

–¿Cary te pagó? –Rafe la miró con incredulidad.

–Iba a hacerlo, pero, al final, no acepté el dinero. Al conocer a lady Elinor me sentí como...

–¿Una prostituta?

–Una impostora –corrigió ella con voz ronca mientras los ojos se le llenaban de lágrimas.

–¡Dios mío! –exclamó Rafe con desdén–. No me extraña que estuvieras tan angustiada cuando te pregunté si ibas a romper con Cary. La anciana os habría echado a patadas si hubiera sabido que tenía a un par de embusteros en su casa.

–¿Crees que no lo sé? –preguntó Juliet suspirando.

–¿No estás avergonzada?

–¡Por Dios! ¡Claro que lo estoy! Pero no podía fallarle a Cary. ¿No lo ves?

–Lo único que veo es a una mujer avariciosa –respondió Rafe con frialdad–. Pero no es el momento de romper el compromiso, justo cuando a Cary le va a tocar el gordo.

–Te he dicho que no ha habido compromiso –Juliet se sentía helada.

–Pues tal vez sea el momento de empezar a pensar en que lo haya –se burló él.

–¿Crees que me importa el dinero? –preguntó ella con amargura–. Pues no. Cuando acepté la propuesta de Cary estaba prácticamente en la miseria. Necesitaba algo de dinero para vivir hasta que encontrara trabajo. Pero ya tengo, así que no necesito limosnas ajenas. Y, pienses lo que pienses, nada conseguiría convencerme de que me casara con Cary Daniels. Ni siquiera me gusta –se tambaleó ligeramente, pero cuando él trató de ayudarla, lo rechazó–. En cuanto esto haya acabado me iré.

Capítulo 15

A PESAR de ser verano, el tren a Londres no estaba lleno debido a lo tarde que era. Juliet iba sentada sin nadie a su lado, por lo que no se había visto obligada a entablar conversación con los vecinos. Cerró los ojos y trató de dormir, aunque sabía que le resultaría imposible. Tenía la mente repleta de las imágenes y acontecimientos del día. Incluso en aquel momento le era difícil asimilar lo que había sucedido. Cary debía de sentirse igual. Sin embargo, a pesar de su decepción, había decidido pasar la noche en Tregellin. No era que Cary le importara lo más mínimo. Desde el momento que supo que había seguido engañando a Rafe sobre su relación con ella se evaporó la poca estima que le tenía. Lo único que la consolaba era que no había engañado a su abuela. Lady Elinor se había encargado de averiguar todo lo necesario sobre su nieto y su «novia». Según el señor Arnold, la relación de Cary con una de las strippers del casino era de dominio público.

Cary había tratado de negarlo. Incluso había tenido el descaro de pedir a Juliet que lo ayudara a salir del agujero que él mismo se había cavado. Pero Juliet no había querido tener nada más que ver con él, y así lo había dicho. Y después, la sorpresa que le había dado a ella el señor Arnold hizo que Cary la acusara de haberse congraciado con su abuela para sus propios fines. Todo había sido muy desagradable. Estaba segura de que Rafe pensaría lo mismo que Cary: que había insinuado a lady Elinor cuál era su situación económica y que ésta había decidido ayudarla. No era verdad. Nunca había hablado de este tema con la anciana. ¿Pero quién la creería?

Lo cierto era que lady Elinor le había legado los tres anillos que le había enseñado: el rubí de la madre de Rafe, la esmeralda y el diamante. Juliet se sintió conmovida y avergonzada. Los anillos eran reliquias de familia y no creía que tuviera derecho a quedarse con ellos. Pero el señor Arnold había insistido en que lady Elinor había añadido esa cláusula al testamento unas semanas antes y que su deseo había sido dejarle los anillos. Juliet decidió quedarse con ellos, al menos con dos, pues, cuando volviera a Londres, pensaba devolver a Rafe el que había pertenecido a su madre.

Otros legados fueron para el doctor y para Josie, que recibiría la suma de cien mil libras, ante lo cual Cary ahogó un grito de incredulidad, y una casita en la finca donde podría vivir cuando se jubilara. Incluso Rafe pareció sorprendido por la buena suerte de Josie, pero, a diferencia de Cary, aplaudió la decisión de la anciana, que había reconocido que, gracias al ama de llaves, la casa seguía en pie.

—¿Y ése es un motivo para recompensarla? —comentó Cary con sarcasmo—. Regalarle esa suma es ridículo.

Se calló cuando el abogado le pidió que lo dejara continuar. Juliet sintió un escalofrío al recordar lo que había sucedido después. Nadie estaba preparado para aquello. Cary había heredado doscientas mil libras en bonos del Tesoro, y el resto del patrimonio de lady Elinor, incluyendo la casa, las granjas que la rodeaban y el contenido de una caja de seguridad en un banco de Bodmin, pasaba a ser propiedad del nieto mayor de lady Elinor.

—¡Pero ése soy yo! —exclamó Cary—. Soy el único nieto legítimo. Rafe es un bastardo.

–Me temo que no –respondió el abogado, que extrajo un sobre de su cartera y se lo entregó a Rafe–. Es para usted. Su abuela me rogó que se lo diera y que le pidiera disculpas.

Rafe extrajo un documento del sobre en medio de un silencio sepulcral. Por su expresión, todos se dieron cuenta del golpe que acababa de recibir. Se puso tan pálido que Juliet creyó que se iba a desmayar. El señor Arnold intervino rápidamente para decirles que era el certificado de matrimonio de los padres de Rafe, expedido treinta y dos años antes. Cary, por supuesto, no se lo creyó. Furioso, le arranco el papel de la manos y comenzó a insultar a su primo, a decir que el certificado era falso, que la anciana estaba loca y que el propio Rafe lo había falsificado.

–No es falso –le informó el abogado con suavidad mientras le quitaba el documento para que no sufriera daño alguno–. Lo siento, Rafe. Sé que tu abuela quería habértelo dicho, pero temía perderte si lo hacía. Tregellin es tuya. Es su regalo.

A Juliet se le llenaron los ojos de lágrimas al pensar que lady Elinor había sabido a cuál de sus nietos le importaba Tregellin. Cary la habría vendido, y aunque a Rafe no le iba a resultar fácil, estaba segura de que haría todo lo posible para mantener el legado intacto.

Juliet se marchó sin despedirse. Dos días después volvió a ver a Cary. La abordó al salir del trabajo para ir a comer. Le dijo que una vecina le había dicho dónde trabajaba.

–¿Qué quieres? –le preguntó Juliet en un tono no precisamente amistoso–. Sólo tengo media hora.

–¿Es así como saludas a tu ex prometido? Te invito a comer y te lo cuento.

Era más sencillo ir con él que tener una discusión en la puerta de la boutique y que Sandra saliera a ver qué pasaba. Fueron a un café que había enfrente.

–No llevas puesto ninguno de los anillos –observó Cary después de que ella hubiera aceptado tomarse un café–. No sé si lo sabes, pero valen un cuarto de millón de libras. Lo sé porque un día me los llevé a Brodmin para que los tasaran –vaciló un momento y continuó hablando–. Quería saber si me los dejarías como aval para un préstamo.

–No puedo. No tengo los tres anillos. Ayer envié el rubí a Rafe. Era de su madre y...

–¡Eres imbécil! –Cary estaba furioso–. ¿Es que no sabías que el rubí era el más valioso? El joyero me dijo que es una piedra sin defectos y muy rara.

–Pues me alegro de habérselo devuelto a Rafe. Si eso es todo, voy a volver a la tienda

–¿Y los otros anillos? ¿No me los vas a prestar? Me lo debes, Juliet. Sin la carta de recomendación que te di, lo más probable es que no hubieras encontrado trabajo.

–¿Te olvidas de que yo cumplí mi parte del trato? ¿Y que no te costó ni un penique? Utiliza el dinero que te ha dejado lady Elinor.

–Con eso no tendría ni para pagar las deudas –mientras se levantaba la agarró del brazo–. A propósito, si esperas que Rafe te agradezca que le hayas devuelto el anillo de su madre, olvídalo. Liv ya está calculando sus posibilidades.

Juliet no lo creyó, pero aquella noche, mientras se tomaba una pizza en la cocina, se preguntó que haría Rafe a partir de ese momento. Heredar Tregellin había sido maravilloso para él, pero mantenerla era otra historia. Podía vender alguna de las granjas, como Cary había sugerido a su abuela. Era indudable que, para seguir en pie, la casa necesitaba reparaciones que no podían esperar. En cualquier caso, no era asunto suyo. Se había visto implicada de manera transitoria, y seguía pensando que no se merecía el legado de lady Elinor. Su único consuelo era que no había caído en manos de Cary.

Estaba fregando los platos cuando sonó el telefonillo del portal. Creyó que sería alguien que se había equivocado.

–¿Sí?

–¿Juliet? ¿Puedo subir?

Las manos le empezaron a temblar. Quiso decirle que no, ya que después de lo que le había dicho en el entierro no le debía ningún favor, pero la necesidad de verlo fue más fuerte y lo dejó entrar. Cuando Rafe llamó, inspiró profundamente antes de abrir la puerta. Allí estaba él, vestido con una camiseta negra y unos vaqueros del mismo color. Pero lo que le llamó la atención fue el grueso papel que sostenía como un escudo frente a él. Era un dibujo al carboncillo de ella, tumbada en una cama. Era inocente y sexy a la vez. Una halagadora interpretación de su aspecto la noche en que habían hecho el amor. Juliet tragó saliva.

–Me alegro de verte, Juliet. ¿No me invitas a entrar?

Juliet trató de no dejarse seducir por su sonrisa. Era evidente que había traído el dibujo para desconcertarla, y lo había conseguido.

–¿Por qué iba a hacerlo? Creía que sería la última persona a la que querrías ver.

–Lo que demuestra lo equivocada que estabas –contestó él en tono seco–. Toma –le dio el dibujo–. Es para ti, si lo quieres. Tengo otra decena en casa.

–¿No pretenderás que me lo crea?

–No miento –contestó Rafe en voz baja–. Si vuelves a visitar mi estudio, te lo demostraré.

–¿Qué quieres?

–Hablar contigo. Creo que disculparme. Me comporté como un idiota en el funeral. Parece que consigues sacar lo peor y lo mejor de mí.

–Muy bien –Juliet suspiró y se echó a un lado para dejarle entrar–. Todo recto se llega al salón.

Rafe entró y a ella inmediatamente le asaltó el olor de su loción para después del afeitado, el aroma a limpio de su cuerpo.

–¿Quieres tomar algo? –la buena educación era su segunda naturaleza y, además, hacía calor.

–Un refresco de naranja –contestó él, pues creía que el alcohol aumentaría su sensación de ineptitud. Al ver que Juliet sacaba un vaso, se acercó a ella –. Me lo tomaré en la lata.

Sus dedos se rozaron, pero Rafe no pareció darse cuenta. Bebió con avidez.

–Lo necesitaba. Gracias.

Lo invitó a sentarse en el sofá y él le pidió que se sentara a su lado. Pero ella no quería perder la ventaja de estar de pie frente a él, que incluso sentado seguía pareciendo alto y la intimidaba.

–Prefiero quedarme de pie. ¿Querías algo más? Has dicho que querías disculparte y ya lo has hecho. ¿Qué más?¡Ah! Me alegro de que tu abuela te haya dejado Tregellin. Estoy segura de que te la mereces mucho más que Cary.

–¿Por eso te escapaste? –preguntó Rafe después de depositar la lata en una mesa cercana y recostarse en un cojín–. ¿No fue una reacción algo infantil?

–No me escapé –Juliet estaba indignada–. No era mi intención haber acudido a la lectura del testamento, y a ti no te interesaba lo que tenía que decirte. Me habría gustado despedirme de Josie, pero tú y ella estabais hablando con el abogado y yo tenía que tomar el tren.

–¿Habías ido con Cary?

–No. ¿Te dijo él que me había llevado a Tregellin?

–Tal vez dijera algo. Pero supongo que lo habrás vuelto a ver. A pesar de lo que dices, creo que mi primo todavía desempeña un papel en tu vida.

–No es verdad –Juliet suspiró–. Vino a pedirme que le prestara los anillos. No lo hice. Tenía miedo de no volver a verlos –hizo una breve pausa–. Supongo que cree que no tengo derecho a tenerlos y, sinceramente, yo también lo creo.

–Eso son tonterías y lo sabes –Rafe se puso de pie y la miró con inquietante intensidad–. La anciana quería que los tuvieras. Todos –se metió la mano en el bolsillo y sacó la cajita de terciopelo rojo que le había enviado Juliet–. Éste también –abrió la tapa y el rubí brilló como si tuviera vida propia–. Es precioso, ¿verdad? Toma.

–No –Juliet negó con la cabeza y escondió las manos detrás de la espalda.

Rafe supuso que no se había dado cuenta de que, al hacerlo, se advertía que no llevaba sujetador.

–Es tuyo –añadió Juliet–. Era de tu madre. No hay nadie que tenga más derecho a tenerlo que tú. Por eso te lo devolví.

–¿Así que fue sólo porque era de mi madre? –preguntó él mientras intentaba no hacer caso del endurecimiento que sentía en la entrepierna y de concentrarse en lo que Juliet le decía–. Tal vez me lo devolviste con la esperanza de que te lo trajera personalmente.

–No –respondió ella en tono indignado–. Además, Cary me había dicho que lady Holderness y tú estabais muy unidos.

–¿En serio? –su voz denotaba impaciencia–. Podía esperarme algo así de Cary, pero no de ti

–¿Por qué no? –Juliet se sonrojó–. No me negarás que conocía tu piso y, en cuanto a los dibujos...

–Ya te lo he explicado. Quería que le hiciera un retrato para el cumpleaños de su marido. Era una sorpresa. ¿Qué podía hacer? ¿Rechazar el encargo?

–¿Lo hiciste por fin? Me refiero a pintar el retrato.

–Sí. Lo terminé y ella se lo regaló a su marido. Parece que le encantó, así que ya ha dejado de ser un secreto.

–Lo siento –se disculpó Juliet con un suspiro–. Aunque no me negarás que le gustas.

–Y a mí me gusta ella, en pequeñas dosis. Juliet, cuando accedí a pintar su retrato no te conocía.

–Ya lo sé– se sentía avergonzada–. El dibujo que me has traído es muy bueno.

–¿No lo vas a romper en cuanto salga por la puerta?

–¡No! –exclamó horrorizada.

–Me devolviste el anillo.

–Ya sabes por qué.

–¿Da igual lo que diga Cary?

–Da igual –respondió ella con fiereza–. Cary es un mentiroso. Ahora lo sé.

–Sí –dijo Rafe mientras cerraba el estuche y lo dejaba al lado de la lata–. Quería que le dejara vender el anillo para pagar todo lo que debe. Como compensación, según sus propias palabras, por haberle privado de su herencia.

–Pero no le has privado de ella.

–Ya lo sé. Pero, al igual que tú, me siento un poco culpable por cómo le trató la anciana.

–A la mayoría de la gente le parecería que doscientas mil libras es ser más que generoso.

–Sí –concedió Rafe–. Pero todo es relativo. Así que le ofrecí el estudio y el piso. Le dije que podía alquilarlos o venderlos. No los voy a necesitar. Estoy arreglando las antiguas caballerizas donde trabajaba antes y me voy a vivir a Tregellin. Josie dice que se quedará hasta que decida qué voy a hacer con ella. Pero con todo el trabajo que hay, no podré prescindir de ella.

–Así que... –Juliet vaciló–. ¿Cómo vas a...? –se calló bruscamente–. Perdona, no es asunto mío.

–¿Cómo voy a pagar los arreglos? ¿Recuerdas la caja de seguridad a la que se refirió el señor Arnold? Contenía decenas de bonos del Estado que la anciana tenía desde que mi abuelo murió. El señor Arnold me dijo que los cobrara; y eso fue lo que hice. Tuve que pagar impuestos, desde luego, pero, a pesar de todo, hay más que suficiente para restaurar Tregellin y mantenerla durante muchos años.

–Pues me alegro mucho de que todo se haya solucionado.

–¿De verdad? –le acarició la mejilla–. ¿Sabes a qué he venido? ¿Sabes lo agradecido que me sentí cuando me devolviste el anillo porque me proporcionaba excusa para venir a verte?

–¿Necesitabas una excusa? –Juliet tembló.

–Me parece que sí, después de lo que pasó en el funeral.

–Lo único que hiciste fue decir lo que pensabas de mí –se clavó las uñas en las palmas de las manos–. Y no te culpo. Lo que hice fue imperdonable.

–Juliet...

–Lo siento. La única excusa que tengo es que estaba desesperada...

–Como yo ahora –Rafe la interrumpió mientras le tomaba la cara entre las manos–. Escúchame, cariño. He lamentado mil veces cada una de las palabras que dije. Estaba enfadado contigo, sí. Creía que Cary y tú seguíais juntos y los celos me cegaron. Pero llevaba dos meses pasándolo mal, y verte con Cary me dejó destrozado.

–Lo entiendo –Juliet lo miró–. La muerte de tu abuela debió de ser un golpe terrible.

–Sí. La quería de verdad. Pero no fue sólo eso. Antes de morir, me dijo que la muerte de mi madre no había sido accidental, como siempre había creído, que se había suicidado, que se tiró por el balcón.

–¿Cómo lo supo? –Juliet no daba crédito a lo que oía–. Pensaba que estaban distanciadas.

–Así es –asintió Rafe–. Pero mi madre le escribió una carta el día antes de morir pidiéndole que me cuidara.

–¡Oh, Rafe!

–Sí. Supongo que tampoco tú te lo esperabas –hizo una pausa–. ¿Cambia eso las cosas?

–¿Qué cosas? –Juliet tragó saliva.

–¿Tú qué crees? Sabes lo mucho que me importas –suspiró–. ¡Por Dios! ¡Estoy enamorado de ti!

Juliet apenas podía hablar, pero puso sus manos sobre las de él.

–No sé qué decir.

–Podrías decirme que sientes lo mismo que yo –se atrevió él a murmurar. Luego le miró la boca–. ¿Sabes cuánto deseo besarte en este instante? Déjame hacerlo. Aunque no lo sepas, tienes la boca más increíble que...

Las últimas palabras las dijo junto a sus labios. Juliet sintió el gusto y el aroma de su aliento en la boca. Él la sujetó por la nuca mientras su lengua la invadía y acariciaba, demostrándole, mediante ese sencillo acto de amor, cuánto la necesitaba. Ella sabía que Rafe era un experto amante. Pero esa vez la había acariciado con amor, con adoración, y cuando buscó con el dedo el dobladillo de su camiseta, ella lo ayudó con entusiasmo. Sintió que se derretía cuando le acarició los pezones con la lengua. Temblaba en sus brazos. ¡Cómo había deseado que la volviera a abrazar! Cuando le dijo en un susurro ronco que por supuesto que lo quería, sus palabras casi resultaron inaudibles. Pero él las oyó.

–No te haces una idea de lo desesperado que he estado desde que te marchaste de Tregellin –dijo él atrayéndola más hacia así para que sintiera lo que su confesión le había provocado–. No he dormido desde entonces. Además, creía que Cary y tú seguíais juntos.

—Nunca lo estuvimos —le dijo Juliet con fiereza mientras le enredaba el pelo con los dedos—. Me crees, ¿verdad?

—Te creo —le aseguró él—. Pero ¿no podríamos dejar las explicaciones para después? Te deseo, quiero estar dentro de ti. ¿Me entiendes?

—Sí —dijo ella con una deliciosa sonrisa—. ¿Quieres ver dónde duermo?

—Con tal de que sepas que no estoy pensando en dormir. Venga, enséñamelo.

Las ventanas de la habitación estaban abiertas. Ella fue a correr las cortinas, pero Rafe se lo impidió.

—Si quieren mirar, que miren. Te quiero, Juliet. No tenemos nada que ocultar.

Se desnudaron el uno al otro, lentamente al principio, pero cada vez con más urgencia. Juliet no acertaba a desabrocharle el cinturón y bajarle la cremallera de los vaqueros.

—Déjame a mí. Tengo más experiencia que tú, aunque no tanta como crees. Y nunca he dicho a una mujer que la quería. Excepto a mi abuela, claro. Pero eso era otra cosa.

La besó con pasión y urgencia, mientras sus manos tomaban posesión de sus senos y le acariciaba con los pulgares los pezones endurecidos.

—Eres muy hermosa —le dijo mientras la miraba con adoración—. Me resulta increíble haberte dejado marchar sin haberte dicho lo que sentía por ti. Mi única excusa es que no sabía que te habías ido.

—No veía el momento de salir de allí —dijo ella mientras lo abrazaba—. Estaba segura de que me odiabas y despreciabas. No te habría culpado por ello. Yo también me despreciaba.

—¿Y qué sentías por mí? —Rafe sonrió con ironía.

—¿Hace falta que te lo diga? —preguntó sorprendida. Creo que sí, después del modo en que me comporté.

—Creo que me enamoré de ti desde la primera mañana que te vi en Tregellin. Hitchins y tú salisteis a saludarnos y pensé que erais la pareja más atractiva que había visto en mi vida.

—¿Estás segura? Porque no puede decirse que Hitchins os diera la bienvenida.

—Es verdad —asintió Juliet con una risita—. ¿Dónde está ahora? Le tengo cariño.

—En Tregellin, donde tiene que estar —dijo Rafe, y le pasó la lengua alrededor de los labios—. Lo verás muy pronto —y no pudo esperar más. La recostó contra la almohada y hundió la cabeza entre sus senos—. Te quiero mucho. No vuelvas a dejarme, porque creo que no podría soportarlo. He llenado la casa con tus dibujos, pero no es suficiente. Nada —su voz se convirtió en un susurro sensual—, nada se parece a la realidad.

Epílogo

LAS primeras navidades de Juliet en Tregellin fueron las más felices de su vida. Rafe y ella habían adornado juntos la casa con acebo y muérdago, que añadían su aroma al olor delicioso del enorme abeto que había en el vestíbulo. Se habían casado en octubre en la pequeña iglesia del pueblo, con una docena de los amigos más íntimos como invitados. Después habían pasado dos semanas maravillosas en una isla del océano Índico y habían regresado a Tregellin, que ya estaba reformada, para empezar una nueva vida en común.

Al principio, Rafe quiso que dejara de trabajar y que se fuera a vivir con él ese mismo verano. Pero aunque Juliet se sintió tentada, decidió acabar el curso de informática. Además, aunque le había dicho que la quería, tenía miedo de que se arrepintiera de haber actuado de manera tan impulsiva. Estaba equivocada, por supuesto. Rafe se pasó los tres meses siguientes yendo y viniendo de Tregellin a Londres cuando su trabajo se lo permitía.

Después de la vuelta del viaje de novios, Juliet se dedicó a llevar la finca. Sus conocimientos informáticos le permitieron llevar las cuentas, y Rafe se mostró más que dispuesto a dejar la organización en sus manos. Su carrera de pintor progresaba, y varias galerías del país comenzaban a reconocer su talento. Tenía tanto trabajo que tuvo que reducir el número de horas en que se dedicaba a enseñar, pero su prioridad era Juliet.

Cary se había ido a vivir a Nueva York dejando un montón de deudas. Rafe había pagado la mayor parte de ellas. Después había confesado a Juliet que lo había hecho por lady Elinor.

En enero sucedieron dos cosas que tendrían una gran repercusión en sus vidas. La primera fue que Juliet se quedó embarazada. Rafe y ella no habían hablado de cuándo formarían una familia, pero él se mostró encantado, aunque un poco preocupado por cómo se lo tomaría ella.

–¿Te importa? –le preguntó con sinceridad–. Debo reconocer que a veces no he utilizado la protección que debiera.

–¡Cariño! –Juliet le rodeó el cuello con los brazos–. Estoy muy contenta. No me imagino nada más gratificante que saber que tu bebé está creciendo dentro de mí. ¿Y tú?

Rafe puso mucho esmero en demostrarle que estaba de acuerdo con ella, y cuando volvieron a bajar, ya era media tarde. Estaba nevando, y desde las ventanas del invernadero vieron la nieve caer sobre el estuario del río.

–Imagínate –murmuró Rafe atrayéndola hacia sí–, el invierno que viene seremos tres –le acarició el estómago–. Así que tendré que aprovechar el tiempo que me queda de tenerte para mí solo.

Lo segundo que ocurrió fue totalmente distinto. Al final del mes, cuando Juliet comenzaba a tener náuseas por la mañana, recibió una carta de los abogados de su padre en la que le decían que su ex marido, David Hammond, había muerto de cáncer en la isla de Gran Caimán y la había dejado heredera de todos sus bienes. Decir que Juliet se quedó atónita sería quedarse corto. La carta había llegado por la mañana temprano mientras preparaba el té, y tuvo que sentarse durante unos segundos. Luego subió las tazas al dormitorio. La casa estaba todavía fría, por lo que se alegró de volverse a meter en la cama.

–Estás helada –gimió Rafe cuando ella le rodeó las piernas con los pies–. Ven que te caliente.

–Aún no. Escúchame –dijo cuando Rafe comenzó a protestar. Resistiendo los intentos de su marido, le leyó la carta.

–¡Por Dios! –el contenido de la carta bastó para que Rafe desistiera momentáneamente. Se incorporó para sentarse a su lado–. ¿Te ha afectado mucho?

–¿Afectarme?

Juliet frunció el ceño y Rafe pensó que estaba encantadora con el camisón que se le había deslizado por el hombro y el pelo despeinado.

–No creo que me haya afectado. Estoy sorprendida, desde luego. Era muy joven.

–Entonces, ¿cómo te sientes? –insistió Rafe con suavidad mientras le acariciaba la nuca–. Estás muy pálida.

–Eso es porque he vuelto a tener náuseas –confesó Juliet–. Y no te he despertado porque no había nada que pudieras hacer. Además, no me importa. El doctor Charteris dice que no durarán mucho.

–De todas maneras... De acuerdo –se rindió cuando su mujer frunció el ceño–. ¿Y qué me dices de David? Resulta que al final tenía conciencia.

–Supongo –dijo Juliet en tono reflexivo– que enfrentarte a una sentencia de muerte hace que te centres en lo importante. Lo lamento, desde luego. Nadie merece morir así. Pero nunca quise a David –sonrió vacilante–. Ahora lo sé.

–Supongo que volverás a ser rica –dijo Rafe atrayéndola hacia sí.

–No quiero el dinero –respondió Juliet recostándose sobre él–, sea mucho o poco –lo besó–. ¿Te importaría que lo dedicara a obras benéficas? Aquí tengo todo lo que necesito –dijo mientras él sonreía con aprobación.